魔王學院的不適任者

MAOH GAKUIN NO FUTEKIGOUSHA

～史上最強的魔王始祖，
轉生就讀子孫們的學校～

作者†秋
Illustration†しずまよしのり

12

〈上〉

Kadokawa Fantastic Novels

魔王學院的不適任者

登場人物介紹

雷伊・格蘭茲多利

過去曾多次與魔王展開死鬥的勇者轉生後的姿態。

米莎・雷谷利亞

大精靈蕾諾與魔王的右臂辛兩人之間誕下的半靈半魔少女。

辛・雷谷利亞

兩千年前以「暴虐魔王」的右臂隨侍在側的魔族最強劍士。

伊莎貝拉

生下轉生後的阿諾斯。雖有嚴重的妄想癖，卻是個溫柔且堅強的母親。

格斯塔

個性冒失但非常體貼，是阿諾斯轉生後的父親。

耶魯多梅朵・帝提強

君臨「神話時代」的大魔族，通稱「熾死王」。

【勇者學院】

建於蓋拉帝提，培育勇者的學院裡的教師與學生。

【地底勢力】

在亞傑希翁與迪魯海德的地下深處，存在於巨大空洞裡的三大國的居民們。

Maoh Gakuin no Futekigousha
Characters introduction

【魔王學院】

阿諾斯・波魯迪戈烏多

泰然且狂妄，具備絕對的力量與自信，人稱「暴虐魔王」而恐懼的男人轉生後的姿態。

米夏・涅庫羅

阿諾斯的同學，沉默寡言且個性老實，是他轉生後最初交到的朋友。

莎夏・涅庫羅

充滿了自信且略帶攻擊性的少女，但很重視妹妹與夥伴，是米夏的雙胞胎姊姊。

艾蓮歐諾露・碧安卡

充滿母性、很會照顧人，是阿諾斯的部下之一。

潔西雅・碧安卡

由「根源母胎」產下的一萬名潔西雅當中最為年輕的個體。

安妮斯歐娜

在神界之門對面等待阿諾斯他們的潔西雅的妹妹。

【七魔皇老】

阿諾斯兩千年前轉生前，用自己的血創造出來的七名魔族。

【阿諾斯粉絲社】

由醉心於阿諾斯並追隨著他的人員組成的愛與瘋狂的集團。

§ 序章　【～毀滅暴君～】

一萬四千年前——

蒼鬱的樹海在銀光粼粼的海面上航行。

在這塊將近有一座小島面積的大地上，眾多植物以樹木為中心茂盛地生長。周圍的銀水就像在避開樹海一般，形成一個球型空間。

只要以魔眼（眼睛）凝視，就能看出貫穿大地底部、宛如翅膀一般展開的魔力之根，正在吸收周圍的銀水。

那是一艘船。

樹海船愛歐妮麗雅。即使在這個充滿各式各樣的小世界、精通眾多魔法的怪物們潛伏的銀水聖海裡，這艘船也極為稀有。

普通植物無法在銀水裡生存，可是這座樹海能將銀水轉變為魔力來吸收銀泡的光芒，將它們作為養分。

在愛歐妮麗雅的樹海深處有一道以收集來的銀水魔力繪製的巨大魔法陣，船的主人就在那裡。

他是一名身材高大的男子，身上穿著一件暮色的外套。順其自然垂下就足以觸及地面的銀色長髮正抵抗著重力，彷彿在水面上緩緩漂蕩一般。

他正是在這片銀水聖海上，被視為不可侵領海之一的二律僭主諾亞。

他抬頭仰望上空，樹海正值夜晚，愛歐妮麗雅創造出這片景色。在漆黑的夜空中，七道極光冷冷地閃爍著。那道光芒傾洩至樹海深處，使得地面上浮現出兩道影子。

一道是二律僭主，另一道則是站在他身旁的管家。

「僭主。」

隆克魯斯說：

「您心意已決了嗎？」

「是啊。」

二律僭主仰望著極光說：

「我必須回報幼時的恩惠。」

他的目光穿透七道極光，望向遙遠的外側。隆克魯斯儘管正在聆聽主人的話語，臉上卻隱約流露出不安的神情。二律僭主恐怕也察覺到這一點，他低下頭轉身面向管家。

「卿覺得我會輸嗎？」

那是毫無緊張感的語調，充滿了不可撼動的自負。隆克魯斯注視著主人不帶任何色彩的眼瞳。

「吾主乃是不敗且高尚，在這片銀海上吹起的自由之風。總是笑著不斷突破生死關頭的二律僭主，絕對不會敗北。」

沉默了片刻之後，隆克魯斯再度說：

「可是──」

二律僭主靜靜等待他的下一句話。

「……可是施加在那個人身上的，是永劫的詛咒。憑藉僭主的力量或許能夠將其影子踏滅，然而那並非能夠解開一類的詛咒。假如您真的要將其解除，必須一如字面意思的賭上根源，跨越死亡與毀滅。」

隆克魯斯彷彿希望主人能夠回心轉意，如此接著說。

「我有方法。」

「……已有許多被稱為不可侵領海的知名強者們向其發起挑戰，然後敗北，淪為了不歸之人……」

「隆克魯斯。」

二律僭主靜靜地說：

「我受過那個人的恩惠。這次就只是去回報恩情。」

「即使有數以千計的死亡高牆阻擋在您面前嗎？」

「你這個問題太愚蠢了。」

隆克魯斯無言以對。作為一名忠心耿耿的管家，這是他首次對主人的決定表示異議。既然反對無效，那麼隆克魯斯已經無法阻止主人了。

「……那麼，僭主──」

「二律僭主要是不在，這一帶的海域就會落到他們帕布羅赫塔拉的手中。」

二律僭主就像要封住隆克魯斯的嘴說。

「你不必等我。」

二律僭主向自己的管家下令：

「好好守護。」

這說不定是為了不讓管家隨他一起共赴地獄，而下達的命令。

隆克魯斯當場跪下，深深低下頭。

「遵命——」

剎時間，劇烈的撞擊聲響起，在樹海掀起一陣大地震。

在愛歐妮麗雅的航行方向上，突然出現另一艘船。

其速度不僅驚人，而且還擋在極為沉重的樹海船前方，只能說是不知死活。

一般來說對方只會遭到碾碎，可是出乎意料的，這艘闖進航道的船隻竟然承受住愛歐妮麗雅的撞擊。

緊接著，夜空中的七道極光突然粉碎。樹海船迅速減速，周圍陷入一片漆黑。

隆克魯斯的魔眼（眼睛）亮了起來。賊人的身手相當矯捷，短時間內就已經侵入這艘樹海船。

「我這就去排除。」

隆克魯斯站起身，輕輕咬住右手的手套將其脫去。

「無妨。」

二律僭主說出簡短的一句，接著向黑暗的另一頭喊話：

「不僅破壞不了船，就連問候也不會嗎——」

腳步聲響起。

一名魔族青年從黑暗中悄然出現。

「——阿姆爾？」

那名青年——阿姆爾咧嘴笑了笑。其魔眼(眼睛)發出紅光，身上升起漆黑粒子，僅僅如此便足以展現出他的魔力非比尋常。

原本處於警戒狀態的隆克魯斯得知侵入者是阿姆爾後，隨即重新戴上右手的手套。

「很高興能見到您，第一魔王毀滅暴君。倘若可能，希望您今後別再惡作劇地破壞僭主的船了。」

「原諒我吧。畢竟就算我要他等，這傢伙也從來沒等過我呢。」

阿姆爾以拇指輕輕指著二律僭主。

他輕笑一聲。

「久違了。上次見到卿，是多久以前的事了？」

「不過才兩三百年左右吧？」

對於二律僭主的詢問，阿姆爾隨口回答。

「似乎也有傳聞說你已經死了？」

二律僭主這句話隱含的意思是：「你去了哪裡？做了些什麼事？」

「話雖如此，你看起來並不怎麼驚訝呢。」

「卿怎麼可能會死。」

阿姆爾愉快地咯咯笑，接著說出答案。

「我去看了絕渦。」

二律僭主露出凝重的表情。

在銀水聖海的遙遠底層，抵達深淵的世界之中，存在一道能將萬物吞噬的漩渦，其名為絕渦，或是稱為惡意大渦。只要這道漩渦開始轉動，就連小世界都會被輕易吞噬，是銀水聖海的大災厄。

「畢竟是卿，想必已經凌駕那道漩渦了吧？」

「不，還沒有。實際上沒這麼簡單呢。而且跟我原本預期的有點不同。」

二律僭主露出像是被勾起興趣的眼神望向第一魔王。

「卿還是老樣子，總是在做一些有趣的事。」

「那是我要說的話。」

阿姆爾的視線貫穿二律僭主不帶色彩的眼瞳。

「諾亞，事情我聽說了。據說你好像要特意跑去毀滅吧？」

「我只是要去回報恩情。」

「無法保證你能平安歸來——你以為我會坐視你白白送死嗎？」

「你以為我會敗給卿以外的對象嗎？」

二律僭主與毀滅暴君，兩人的視線正面交錯。

經過數秒的沉默之後，阿姆爾將指尖指向地面。他以魔力之光在大地上畫出一條線。

「你試著越過這條線看看。」

龐大的魔力從阿姆爾的體內噴出，使得樹海發出「喀答」的聲響震顫起來。

「阿姆爾大人，玩笑就到此為止吧。我們並沒有交戰的理由──」

「給我退下，隆克魯斯。這位愛操心的暴君大概想了解我現在的實力。只要明白他在白操心，他就會笑著送我離去。」

二律僭主畫出魔法陣。

接著，隆克魯斯就像被吸入自己的影子裡一樣沉入地面，當場消失無蹤。

為了避免他遭到流彈波及，二律僭主將他藏匿起來了。

「諾亞，你的本事沒有退步吧？」

漆黑粒子形成漩渦，他光是放出魔力，就碾平了樹海裡的樹木。與此同時，還震飛了一部份代替結界的樹根，讓外側的銀水有如雨水一般傾瀉而下。

「卿才是，竟然沒能成功討伐絕渦，該不會是變弱了吧？」

就像在回應二律僭主的挑釁一般，毀滅暴君揚起一抹無畏的笑容。

「要試試看嗎？」

「『黑七芒星（demudo ivu）』」

二律僭主在眼前畫出一道漆黑的七芒星。龐大的魔力噴發使得樹海船劇烈搖晃，攪亂著空氣與魔力場。

「『霸彈炎魔熾重砲（doguda azubedara）』。」

纏繞著黑七芒星的蒼藍恆星發出咆哮，朝著毀滅暴君發射出去。

「你已經超越『黑六芒星（demudo ira）』了嗎？還是一樣驚人耶。」

阿姆爾一邊說一邊在眼前畫出魔法陣。

「那我也來展示一下你從未見過的魔法吧。」

魔法陣層層疊起，形成了一座砲塔。漆黑粒子在其中心洶湧震盪，形成一道七重螺旋。

「我要上了。」

終末之火伴隨著「轟」的一聲出現。阿姆爾讓砲塔旋轉一圈，終末之火經過的空間隨即毀滅消散，化為漆黑灰燼。

他以此畫出一道魔法陣。二律僭主射出的蒼藍恆星，毫不留情地直擊那裡。

不對，是被擋住了。足以毀滅尋常小世界的強烈衝擊劇烈撼動著樹海船，漆黑粒子與蒼藍粒子激烈交鋒，火花四濺。

第一魔王——毀滅暴君阿姆爾揚起無畏的笑容說：

「——『極獄界滅灰燼魔砲（egiru gurone angudoroa）』。」

§1 【前世】

「『極獄界滅灰燼魔砲』——」

聽到自己的聲音，使我的意識從淺眠中清醒過來。

下一瞬間——

「啥啊啊啊啊啊！」

隨著一聲慘叫，房門被猛然推開，臉色大變的莎夏與略顯慌亂的米夏闖進房內。

「喂，阿諾斯！快醒來！睡昏頭也要有個限度吧！」

莎夏跳上床鋪，搖著我還在沉睡的身體。她就像要叫醒我似的，以「破滅魔眼」猛烈發出攻擊。

「真是的。」

米夏突然從床邊探出頭來。

她微歪著頭，彷彿在問我：「醒了嗎？」

「一大早就這麼吵。就算不用那種魔眼（眼神）看過來，我也早就醒了。」

「那你那隻手在做什麼！」

我正仰躺在床上，以伸出的右手畫出一道複雜的魔法陣。

「是『極獄界滅灰燼魔砲』啊？」

「是『極獄界滅灰燼魔砲』個頭啦！你想把帕布羅赫塔拉炸飛嗎！」

我維持構築到一半的術式，在床鋪上緩緩坐起。

這裡是帕布羅赫塔拉宮殿分配給魔王學院的宿舍裡的其中一間房間。由於是元首專用的房間，要比其他房間來得豪華一些。

「我作了個夢。」

「……果然是睡昏頭了不是嗎……！這種事，給我保留在『獄炎殲滅砲(jiogureizu)』的程度啦。」

莎夏嘟嘴抱怨著。

米夏探頭看著我的眼睛。

「什麼樣的夢？」

「是一萬四千年前的銀海。之前說過『融合轉生(radopirika)』會使得記憶混合在一起，所以這應該是隆克魯斯的記憶。」

我將魔眼(目光)朝向自己畫出的「極獄界滅灰燼魔砲」術式，窺看著那個深淵。

「有個叫做第一魔王毀滅暴君阿姆爾的男人施展了這一招。」

莎夏驚訝地睜大眼睛，米夏則是直眨著眼睛。

「那個，我記得銀水聖海的魔王，六人都是大魔王吉尼亞．希瓦赫爾德的繼承者候補，而且還是不可侵領海吧……？」

米夏點了點頭。

「咦？可是等等喔。這樣的話，在各方面上都很奇怪吧？」

莎夏露出一臉困惑的表情，將手放在自己的頭上。

「『極獄界滅灰燼魔砲』是阿諾斯在米里狄亞世界開發的魔法吧？雖然泡沫世界的秩序會流向更深層的小世界，不知道米里狄亞世界的第一魔王，是如何得知這個術式的？而且還是在一萬四千年前……？」

「阿諾斯尚未出生。」

米夏說。

莎夏低下頭，再度陷入沉思。

「或許可以認為這是深層世界的魔法吧。」

兩人朝我投來詢問的眼神。

「以米里狄亞世界的魔法來說，『極獄界滅灰燼魔砲』太過強大了。」

米夏困惑地微歪著頭。

「溯航術式？」

「恐怕是。」

就狀況來看，這大概是最有可能的解釋。「極獄界滅灰燼魔砲」編入了溯航術式，使用了其他世界的魔法律。而且恐怕還是深層世界的。

只要再多看幾個相同世界的魔法或秩序，或許就能窺看其深淵，知道得更加詳細。然而如果只知道「極獄界滅灰燼魔砲」的術式，就連它是使用哪一個世界的魔法律都無法確定。

簡單來說，經由魔法律、術者、術式，以及魔法效果這四個要素，我們能夠窺看魔法的深淵。

然後，要是已經知道魔法律、術者和發動的魔法，就自然能理解最後一個要素——術式的意義。

假設只有一個世界——只存在米里狄亞世界，就無須考慮能讓魔法律從深層世界逆流向淺層世界的溯航術式了。

選項會因此減少，讓我一直以來都自認為已窺看到「極獄界滅灰燼魔砲」的深淵。

然而，如今在確定並非如此之後，其意義便會產生變化。

在米里狄亞世界的外側，還存在著無數的小世界，以及眾多的魔法律。它們會對其他世界帶來複雜的影響。

既然不知道其他世界的魔法律，就無法窺看這個毀滅魔法的深淵。

即使是溯航術式，種類也是五花八門。「堅塞固壘不動城（barandiataruta）」算是比較容易理解的。而「二律影踏（dagudara）」與「掌握魔手（reion）」則比它更為複雜。

也就是說，魔法越是深層，其深淵就會變得越難窺看。「極獄界滅灰燼魔砲」可能比「掌握魔手」還要深層嗎？

還真是天外有天。

「所以，這是怎麼回事？妳的意思是說，阿諾斯儘管身在米里狄亞世界，卻使用了他一無所知的深層世界的魔法律，開發出魔法術式與溯航術式了嗎？」

我不發一語地看著莎夏。

「……不是嗎？」

「倘若只知道米里狄亞世界，即使再怎麼用魔眼（眼睛）凝視，也無法得知其他世界的魔法律。隨意構築的術式，竟然碰巧是編入了溯航術式的深層魔法，未免也太過偶然了。」

這好比要一個連數字都看不懂的人去解數學公式。答案偶然一致的機率無限趨近於零，根本不用考慮。

「最重要的是，我在開發出『極獄界滅灰燼魔砲』時，就已經有了確信。確信我一定能制伏米里狄亞世界的魔法律，釋放出終末之火。」

「……呃……這是什麼意思啊…………？」

莎夏問。

「意思是我的根源過去曾在深層，因此我打從一開始就知道『極獄界滅灰燼魔砲』。」

正因為如此，即使我身在米里狄亞世界，也仍然能夠完成那個魔法。

「……啊啊，原來如此……也是呢……既然法里斯能從米里狄亞世界轉生到巴蘭迪亞斯，就算有人從其他世界轉生到米里狄亞世界也不足為奇。銀水聖海無法施展『轉生（shirika）』，所以沒有記憶也是理所當然……」

說著說著，莎夏似乎突然意識到了什麼，猛然一驚。

「……等等，那麼阿諾斯的前世，難道就是那個毀滅暴君嗎？」

米夏直眨了兩下眼。

「巴蘭迪亞斯的城魔族們曾經提到，有一個下落不明的魔王。」

「我不一定就是阿姆爾。如果『極獄界滅灰燼魔砲』只有毀滅暴君能夠施展，或許還能這樣確定，然而實際上並非如此。」

當我在與進入二律僭主身體裡的隆克魯斯交戰時，即使施展了「極獄界滅灰燼魔砲」，那個男人也沒有顯得特別驚訝。

假如這是毀滅暴君的專屬魔法，我不覺得作為二律僭主管家的隆克魯斯會毫無反應。

「『極獄界滅灰燼魔砲』是起源魔法吧？要從過去借用破壞神阿貝魯猊攸、創造神米里狄亞，以及魔王阿諾斯的魔力不是嗎？所以是不論哪個世界的破壞神與創造神都可以嗎？」

「沒問題。」

目前已經知曉其他世界也存在創造神，大概也同樣存在破壞神吧。就算多少有些差異，也應該能夠施展。

「……嗯——就算是這樣，我也不覺得有很多能夠施展這招的術者……」

「如果能查明我的前世，或許也能找到與盯上媽媽的災淵世界伊威澤諾相關的線索，有去確認的價值。」

「要去找能施展『極獄界滅灰燼魔砲』的人？」

對於米夏詢問，我點了點頭。

「要去找已經死去的術者。倘若能循著這條線索，查明媽媽被稱為災禍淵姬的理由，就是天外飛來的幸運。這樣一來，也能推測珂絲特莉亞他們盯上媽媽的理由了。」

雖然我向奧特露露詢問他們災淵世界伊威澤諾的事情，由於他們加入帕布羅赫塔拉學院同盟的時日尚淺，有益的情報並不多。

有關災禍淵姬，儘管流傳各式各樣的臆測與傳聞，據說連帕布羅赫塔拉也無從知曉正確的情報。

最好認為伊威澤諾在特意隱藏這項情報。假如他們二話不說就打過來，就能趕緊擊潰他們了，不過目前為止他們毫無任何動靜。

「所以伯母也是從外側的世界轉生過來的吧？」

「若非如此，就是他們誤會了。」

然而這種可能性似乎很低。

「阿諾斯與伯母明明在深層世界，為什麼會轉生到泡沫世界來呢？」

米夏微微舉手提出疑問。

「即使火露會從泡沫世界外流到深層，反之並不會。」

「一般來說是這樣呢。」

在銀水聖海裡，火露會橫跨世界。根源會輪迴，在完全不同的世界重生。考慮到這種秩序，應該所有人都會朝深層流動。

「即使有一兩個愛唱反調的人在，也並不奇怪。」

米夏與莎夏聞言對望一眼，輕輕笑了出來。

「該怎麼說，很像是你和伯母會做的事情呢。違背銀水聖海的秩序，從深層世界轉生到泡沫世界。尤其是伯母，她剛才還——」

莎夏像是想起了什麼事，發出「啊」的一聲。

「對了！我就是來說這件事的！」

「怎麼了嗎？」

「那個啊，所以說，伯母該怎麼說好，那個，對了！又做了很像是伯母會做的事情啦！我不知道該怎麼辦，所以才來叫阿諾斯起床。」

唔嗯，不懂她在說什麼。

「真是的，全怪『極獄界滅灰燼魔砲』，害我把這件事忘得一乾二淨。」

「很像媽媽會做的事情是什麼？」

「她在烤麵包。」

米夏這麼說。

「不是跟平時一樣嗎？」

「啊——總之你快點過來！與其說明，直接去看比較快啦！」

莎夏拉著我的手。我在腳邊畫出一道魔法陣，迅速地換上制服。

就這樣在兩人的帶領下離開宿舍。

§2　【大海原之風】

帕布羅赫塔拉宮殿庭園——

和諧優雅的園內人聲鼎沸，其中一個角落有一個大排長龍的隊伍。

正在排隊的都是銀水學院的學生們。從他們穿著各異的制服看來，似乎是來自不同世界的人。

周圍瀰漫著烤麵包的香氣，令人垂涎三尺。

「歡迎光臨、歡迎光臨！這裡是今日開張的學生餐廳『大海原之風』！米里狄亞產的希望麵包美味可口，能讓人精神百倍喔——！」

從簡單搭建的攤位上，傳來氣勢十足的吆喝聲。正在叫賣剛出爐麵包的不是別人，正是我的父親。

攤位後方有個臨時廚房，可以看到媽媽正在運送剛出爐的麵包。

「原來如此。」

「他們好像是在昨晚搭建了這個攤位。」

莎夏傷腦筋地說。

「嚇了一跳。」

米夏平靜地喃喃說道。

「雖然我已經告訴他們能在學院內隨意走動，真不愧是爸爸和媽媽呢。」

真是萬萬沒想到，他們居然搭建了一個向帕布羅赫塔拉的學生們販售麵包的攤位。

「……怎麼辦？還是別讓他們太引人注目比較好吧？」

「如果盯上媽媽的勢力只有災淵世界伊威澤諾，說不定這樣反而比較安全。」

我邊說邊繞過隊伍，來到攤位的廚房部分。伊杰司正帶著難以言喻的表情警戒著四周。

「好啦～小艾艾！今天來了好～～多好多客人，所以可以烤很～～多很多麵包呢！」

『唔咕咕咕咕咕咕……希、希望的……希望的麵包，都烤出來了啊──────……！』

他們似乎將裝載在魔王列車上的艾庫艾斯窯卸下來了。艾庫艾斯窯正在猛烈地燃燒，烤出一批又一批香噴噴的希望麵包。

「啊。」

媽媽注意到我，於是快步走了過來。

「小諾，早安！」

「真是生意興隆呢。」

我這麼說後，媽媽就開心地綻開笑容。

「帕布羅赫塔拉明明這麼大，宮殿裡卻沒有能用餐的地方不是嗎？大家都得到外頭用餐，看起來很辛苦的樣子，所以我就想弄一個能提供大家購買輕食和用餐的地方。」

如果是銀水學院的學生，我想應該不會把這點距離當作一回事，不過能夠用餐的地方還是越近越好。

「你看嘛，學生的身體可是資本，必須吃許多美味的食物才行。因為小諾你們好像很忙的樣子，我想說先靠我們自己弄弄看。啊，我們有好好地向奧特露露妹妹取得許可喔。」

唔嗯，帕布羅赫塔拉看來意外地寬鬆呢。

「……媽媽多管閒事了嗎？」

大概是因為我沒說話，媽媽露出有點擔心的表情。

「怎麼會，這是一個讓大家了解米里狄亞世界食物的好機會。」

媽媽撫胸鬆了口氣。

「只不過，今天才開張，還真虧你們能吸引到這麼多人上門呢。」

「啊，嗯。大概是因為號外幫我們宣傳了吧？」

米夏困惑地微歪著頭。

「號外？」

「就是這個。」

媽媽拿出的紙張上寫著魔王報紙。

標題寫著：〈大勝！銀城世界巴蘭迪亞斯粉碎！〉

其他主要的大標題如下：

魔王的右臂將銀城世界的看板一劍兩斷！將巴蘭迪亞斯飛空城艦斬斷的聖劍，其真實身分究竟是——！悽慘！敗給並非主神之神的王虎梅帝倫，原來不堪一擊嗎？出乎意料，銀城世界竟降格為泡沫世界！壓倒性蹂躪的結果是！本日開張！米里狄亞的學生餐廳「大海原之風」魅力全面解析！銀城創手法里斯·諾因，原來竟然是米里狄亞的居民？讓我們深入探究轉生之謎！

暴虐魔王的獨家專訪！他竟向王虎發出「我會將祢的野心粉碎」的宣告！

「這是什麼啊！到底是誰弄出這種——」

就在莎夏大叫的瞬間，上空傳來「咯——咯、咯、咯！」的笑聲。

「號外、號外、號外啊——！帕布羅赫塔拉所有人都確信會勝利的銀城世界，竟然大．爆．冷．門敗北！而且還是降格為泡沫世界的大．大．大．大敗北啊————！」

一輛南瓜狗車從天上奔馳而過，坐在車夫座位上的耶魯多梅朵正興高采烈地將魔王報紙往地面灑去。

「號、號外——！魔王學院勝利了喔～」

從車廂窗戶探出頭，留校的娜亞也一起丟著號外。

「他在搞什麼啦，真是的……」

莎夏頭痛地抱著腦袋。

在此期間，媽媽依然興沖沖地忙著工作，將剛出爐的麵包裝進紙袋裡。

接著，她把手伸進放在一旁的畫作裡，使勁地將小老虎拉了出來。

「小梅梅，能幫我把這個拿給在那邊等候的客人嗎？」

『……吼……喵唔……』

梅帝倫不甘願地叼起袋子，跑向正在等候的客人。

園內瞬間瀰漫起緊張的氣氛。正在排隊的學生們，一齊將視線朝向了小老虎。

「——喂……」

「是啊，那是王虎梅帝倫。沒想到竟然跟這份號外講的一樣，真的變成了米里狄亞的所有物……」

他們亮起魔眼（眼睛）窺看梅帝倫的深淵。其本質毫無疑問是過去的巴蘭迪亞斯主神——王虎。

「……可是，即使親眼看見，還是難以置信……那個一瞬間就將我們世界的主力部隊擊潰的主神，現在竟然在運送剛出爐的麵包……」

「以前也曾經發生過卡爾汀納斯為了故意降低序列，而上演鬧劇的事情……不過他怎麼樣都不會讓自尊心高傲的王虎，讓一個沒有魔力的人類頤指氣使吧。」

「……那麼，他們是真的輸了嗎？擁有那兩塊看板的巴蘭迪亞斯，竟然輸給剛來帕布羅赫塔拉的泡沫世界……」

「…………不得不承認……米里狄亞的元首阿諾斯・波魯迪戈烏多。儘管之前看輕他是個不懂得害怕未知的莽夫，看來不懂的人是我們啊……」

「可是，為何泡沫世界的米里狄亞會具備如此強大的力量？他們不是不適任者嗎！」

在一名元首提出疑問後，眾人就像陷入沉思似的陷入沉默。他們一臉嚴肅地將手中的麵包送入口中。

「你要這麼說的話，原本應該沒辦法搶走其他世界的主神，將其占為己有才對。」

「據說他們好像還持有靈神人劍？」

「笨蛋，你打算把這份號外的內容照單全收嗎！這可是他們發行的報紙喔！」

一名學生激動地大喊。

「你太興奮了。」

「唔咕……」

這麼說著，附近的一名學生將麵包塞進嘴裡。

「嗯……」

男人咀嚼著麵包，然後將其吞下。

「這麵包還不錯吃。」

「嗯，是不難吃啦。」

「會是麥子的差異嗎？」

「不清楚。也許是磨粉的方法不同。」

男人們為何會拿著麵包紙袋排在隊伍裡頭，理由並不難想像。

這是第二輪了。

「不過還真是不可思議。該怎麼說好，吃了這個麵包之後，心情似乎稍微好了一點。」

「號外上好像寫著會讓人變得樂觀的樣子？」

「就是那個。真是不可思議的麵包。」

「別大意了。這或許是他們想先抓住我們的胃而採取的策略。」

「所以才會是這種不計成本的價格啊？假如要走和睦路線，這可以說是不錯的一步。」

男子再度把手伸進紙袋，裡面已經空了。他咂嘴發出「嘖」的一聲。

「然後，根據奧特露露的說法，巴蘭迪亞斯確實已經降為泡沫世界了。我們要如何判斷這件事才好？」

「至少應該能確認，他們走上了一條不同於我們世界的進化道路。我們真的能接受這種事嗎？」

「如果他們是正常世界，當然想和他們合作，然而這要是弄不好，很可能會背負超過伊威澤諾程度的風險。我們不能貿然迎合他們。」

「別擔心，他們目前還不是值得在意的存在。快速提升帕布羅赫塔拉的序列，並不是一件尋常的事。他們還不知道，比起提升序列，要維持自己的序列反而更加困難。」

「米里狄亞世界將會在之後受到帕布羅赫塔拉的洗禮吧。不同於巴蘭迪亞斯那種紙老虎，而是貨真價實的深層世界洗禮。」

「像是我們嗎？」

他們咧嘴笑了笑。

「等到有自知之明，才終於算是站在起跑線上。根據米里狄亞之後的表現，要教導他們生存方式也不是不行。」

儘管他們好像已經明白米里狄亞並非一般的泡沫世界，看樣子還不到受歡迎的程度。

唉，不論哪個世界，排斥異物的人總是占大多數。

「——話說這份報紙還是別讓太多人看到比較好吧？」

「唔嗯，妳說得對。」

我將視線落在號外的報導上。

「我不記得曾經接受過採訪。根據報導的撰寫方式，很可能會將我錯誤的形象傳開。」
「你都被稱為暴虐魔王了，居然還會在意這種事嗎！」
莎夏大大地吐槽我。
「新聞報導要是有所捏造，明明就很有問題。」
「……是這樣沒錯，但你肯定不會在意吧？比起你的形象，像這樣公然揭露自己的底牌好嗎……？像是亞露卡娜，假如對手不是神族，她就派不上用場了。」
「我派不上用場嗎？」
亞露卡娜突然冒出來，使得莎夏驚訝地往後一仰。
「啊，那個……我、我不是這個意思，而是假設有下一場銀水序列戰的話。」
「沒問題。這麼做應該能藉由特意揭露權能，隱藏真正需要隱藏的事。」
米夏困惑地微歪著頭。
「真正需要隱藏的事？」
「我在這段期間，剛學會了只能施展一次的殺手鐗。」
亞露卡娜一本正經地說。
「也就是所謂的一發搞笑。」
「派不上用場也要有個限度啊！」
莎夏發出凌厲的吐槽。就像滿足了一樣，亞露卡娜點了點頭。
「我剛才在開玩笑。其實我學會了使用歌曲的殺手鐗。」

「也就是說，像是『想司總愛（ra senshia）』那樣的……？」

亞露卡娜點了點頭。

「節奏搞笑，ra～senshia♪。」

「妳是笨蛋嗎！為什麼連著裝傻兩次啊！」

隨後傳來一道輕笑聲。

莎夏一轉頭，便看見創術師法里斯·諾因與辛站在後頭。

「新的魔王軍很熱鬧呢。」

「啊、啊……讓你看到丟人現眼的一面了……」

「不會，這正是陛下所建立的和平吧？不曉得只知道過往魔王軍的我能不能好好融入，真是令人不安……」

「放心吧，你沒問題。」

儘管口氣冷淡，辛還是這麼說。就像要歡迎法里斯一樣，莎夏也露出笑容。

「而且，我覺得並沒有太大的改變。大家雖然樂觀開朗，並不是無憂無慮。」

亞露卡娜開始練習起節奏搞笑，以非常無憂無慮的姿勢唱著：「ra～senshia♪ra～senshia♪rararara♪」

「由於阿諾斯的媽媽被人盯上了，儘管好像在做蠢事，大家其實都非常警戒。」

「小卡娜，不對啦。步伐是這樣，雙手雙腳要交叉！」

不知何時，粉絲社的少女們也跑來和亞露卡娜一起踏著「ra～senshia♪」的舞步。

「位在根本的事物，跟過往的魔王軍一樣喔。大家隨時都願意為了阿諾斯賭上性命。」

「小卡娜，妳的手指高了兩三毫米！這可是阿諾斯大人的姿勢！要用融入阿諾斯大人的心情踩著步伐！賭上性命地！」

那個應該是舞蹈動作吧。愛蓮趴在地上，讓亞露卡娜踏在她的頭上。周圍的粉絲社成員們也都是同樣的姿勢。

「所以，你只要像往常一樣作畫，我想很快就能融入——」

「話說回來，由於我們離開迪魯海德，因此收錄阿諾斯大人英勇事蹟的合同本進度有點危險耶……」

「請繪畫之子幫忙如何？」

「小卡娜真是天才！法里斯老師一定畫得出來，而且作畫速度想必也很快！」

「那麼、那麼、那麼，要請他畫什麼？」

「當然是今天的節奏搞笑啦！『rarara、ra～senshia♪』的阿諾斯大人版本。」

「咦～可是，該說很普通嗎？如果是法里斯老師，應該能用超絕的畫力，連阿諾斯大人的細節都畫得維妙維肖吧？」

「沒問題。」

愛蓮以非常認真的表情嚴肅說：

「這個將會是漢字版本。」

粉絲社的少女們猛然一驚。

慢了數瞬，亞露卡娜說：

「裸裸裸・裸～戰士（rarara・ra~senshia）啊？」

「拜託妳們給我滾遠一點——！」

莎夏大大地吐槽。

§ 3 【美】

「腹肌之子，突然從旁插話是怎麼了嗎？」

亞露卡娜一臉愣然地看向莎夏。

「……話說妳們應該不是故意的吧……？」

「是指我又背理裝傻了嗎？」

亞露卡娜看著米夏，她搖搖頭。

「練習的成果出來了。」

聽到她這麼說，亞露卡娜輕輕握拳。

「好耶。」

「好妳個頭啦！真是的。這要我怎麼解釋妳們在做什麼啦？拜託也替幫忙說話的人著想一下。」

莎夏一臉頭痛地扶著額頭，同時窺看法里斯的反應。

「真是美麗呢。」

「……咦？」

她露出聽不懂對方在說什麼的表情，向法里斯投以疑問的目光。

他以洗鍊而優雅的動作，猛然將手高高舉向陽光。

「啊啊，彷彿能看見比這晨曦還要光輝燦爛的和平之光——存在於妳身上的美麗之光。

完全就是——美。」

法里斯亮起魔眼（眼睛）半陶醉地說。

「我、我美嗎……？」

莎夏顯得有點害羞，同時朝我這邊瞥了一眼。

「……是這樣嗎？」

米夏在一旁頻頻點頭。彷彿創造意欲一發不可收拾似的，法里斯迅速畫出魔法陣，從中取出畫布與魔筆等畫材。

「請問我能為妳作畫嗎，莎夏？」

「咦，嗯——可是……」

莎夏就像在尋求許可，朝我投來視線。

「他可是即使妳拜託他，只要沒有興致就絕對不會動筆的男人。妳就讓他畫吧。」

「既然阿諾斯這麼說，那好吧……」

雖然她有點羞澀，並不是不願意的樣子。

「等作畫完成後，我就將它獻給魔王陛下吧。」

「咦？等等，這樣到底是……！」

「有什麼問題嗎？」

「啊……那個……」

緊接著，莎夏羞澀地低下頭。

「……是可以啦……但、但你能幫我畫得漂亮一點嗎？」

「當然。我就以無與倫比的前衛手法，將妳美麗地畫出來吧。」

這麼說著，法里斯將魔筆朝向畫布。

我們則移動到不會妨礙他作畫的位置。

儘管莎夏顯得有點害羞，仍然展現出優雅的站姿。

「不是這樣。」

在瞥了一眼後，法里斯如此說。

「不是這樣是指……？」

「妳表現得有點太過纖細了。這樣就像是一個膽怯的少女。要再更大膽一點，展現出妳的自我。」

「就、就算你這麼說，我也沒當過模特兒啊！」

「那就使用這個吧。對妳一定有幫助。」

法里斯迅速將一個紙製的手持道具遞給莎夏。她接過那樣道具後，仔細地端詳起來。那是一個吐槽紙扇。

「這東西要怎麼用啦！」

吐槽紙扇犀利的一擊重重地打在法里斯的頭上。

「啊……對、對不起——」

然而，就在這一瞬間，他露出彷彿受到了天啟一般的表情。

「……啊啊，我……看見了…………！」

轉瞬間，法里斯在畫布上揮舞魔筆，將擺弄著吐槽紙扇的莎夏畫了出來。

宛如一頭野獸。

「等等，你不是說要幫我畫得漂亮一點嗎！這怎麼看都是一頭正在吐槽的野獸吧！」

他補上一句「野獸莎夏的吐槽」當作標題。

「為什麼要把那個當作標題啦！」

「美麗地完成了。」

「這不管怎麼看都不美啦！這可是野獸耶，野獸！為什麼我是野獸啦！」

「妳不懂嗎？不懂這個為何是野獸嗎？不懂美為何會化為野獸？」

被他這麼問，莎夏陷入沉默。

「我的畫是由想像與現實兩兩相互構成。並不是以腦袋構思，而是讓筆隨心所欲地馳騁來完成。前衛雖然是前衛，為何會變成前衛風格的吐槽之美……」

法里斯轉頭看向莎夏，以一本正經的語氣說：

「沒錯，因為缺少了什麼。可是，究竟缺少了什麼呢——」

法里斯再度將視線投向畫作。莎夏也跟著看向那幅畫。

在數秒的沉默過後，創術師法里斯．諾因說：

「越看越覺得我畫得真好呢。」

「野獸的原因到哪裡去了啊！」

「畫是不可思議的東西。當你想畫時卻畫不出來，在置筆的瞬間突然靈光一閃——要像這樣美麗地使得心靈平靜。那是你急於尋找時，往往遍尋不著的東西。這種時候，就需要反向思考。」

「反向……？」

「野獸不也很好嗎？和妳十分相稱。」

「你是笨蛋嗎！這算是稱讚嗎！」

莎夏如此大喊後，法里斯就將魔筆指向她。

「我明白了。」

「明、明白什麼……？」

「某個少女一直在心裡想著：『我不想變成野獸、我不想變成野獸。』」

莎夏露出傻眼的表情。

「為什麼要用某個少女這種拐彎抹角的說法啊……？」

「大概是一直在心裡想著野獸的少女，內心在不知不覺間化成野獸，像這樣呈現在畫作上了吧。」

「一開始我根本沒在想吧！是野獸先出現的啦！」

「所謂的畫，是你越追求，就越為遠離，簡直就像夢。正是你意想不到的時候，才會有嶄新的發現──」

法里斯就像受到天啟一般，露出猛然一驚的表情。

「該不會？」

「……我……看見了……」

他注視著野獸莎夏的畫作說：

「能突顯出吐槽之美的，正是裝傻之美。這幅畫缺少了裝傻的元素。」

「喂，你該不會打從一開始就想畫我吐槽的樣子吧？」

莎夏一臉嚴肅地詢問完，亞露卡娜就向前走出一步。

「輪到我出場了嗎？」

「給我回去。」

連瞬間都不到，莎夏立刻發出吐槽。

「真是犀利啊。」

對於法里斯的這句話，莎夏露出有不好預感的表情。

「一如妳的看法，這裡確實有更適合的人選。」

法里斯粗略地環顧了一遍位於周遭的我的部下們。

然後，他與一名少女的目光交會。

「米夏，請問我能為妳作畫嗎？」

她眨了眨眼睛，然後指著自己。

「我是裝傻的人？」

法里斯將臉面向朝陽，用手擋住太陽。

「啊啊，多麼美麗動人啊——那潛藏在靈魂深處的裝傻之美。倘若我作為創術師的魔眼（眼光）沒有出錯，妳應該能抵達那個境界吧。」

「總覺得我越來越無法相信你是個很厲害的創術師了……」

莎夏懷疑的目光刺在法里斯身上。他毫不理會這道視線，拿起魔筆注視著米夏。

她困擾地歪著頭，彷彿求助似的朝我看來。

「怎麼了嗎？」

「……不知道該擺出什麼樣的表情。」

「別在意，跟平時一樣就好。法里斯的畫會畫出對象的本質。」

「…………喂，等等，意思是說我的本質是……」

我抬手制止莎夏，向她送出「稍等一下」的眼神。米夏此刻正在集中精神。

「跟平時一樣……」

米夏就像在沉思一般低下頭。她和莎夏一樣，大概都是第一次擔任模特兒。即使突然要她不要掩飾自我，看樣子也沒辦法輕易做到。

「好難……」

「那就望向遠方吧。」

米夏將她的神眼（視線）望向我所指著的方向。

「妳看得到什麼？」

「第七艾蓮妮西亞。」

她的視野飛向遙遠的彼方，俯瞰著這個世界。

「這裡是個什麼樣的世界？」

「……美麗……」

米夏低聲說出這句感想。

「這裡也許是妳母親創造的世界。」

米夏的表情隨即變得溫柔且平靜，彷彿憐愛著這個世界的所有生命一樣。

「很好，這就是妳平時的表情。充滿慈愛，為眾人帶來安寧。」

「……眾人？」

「是啊。」

她轉向我。

「也包含阿諾斯？」

「妳以為我沒包含在內嗎？」

米夏開心地露出微笑。

「好開心。」

剎那間，法里斯的魔筆迅如閃電地揮舞起來。在本來畫著一頭野獸的畫布上，漸漸形成另一幅畫。

「完成了。」

米夏與莎夏探頭凝視畫布。上頭新畫出來的，是一名溫柔且充滿慈愛的天使。

「妳覺得如何？我大膽地將主題改成美麗的慈愛，並全面重新繪製了這幅畫。野獸的吐槽也變得更具攻擊性——」

「明明都以美麗的慈愛為主題，將整幅畫全部重新繪製了，為什麼我依舊保持野獸的樣子啦！」

潛藏在莎夏根源裡的吐槽野獸發出猙獰的咆哮。

「這也就是所謂的即興創作，呈現出我腦海中迸出火花的瞬間。我不確定能否用言語傳達給妳。」

法里斯用魔筆一一指著米夏的臉。

「她的神眼（眼睛）——美。她的笑容——美。她的眨眼——啊啊，美。」

創術師法里斯·諾因毫不遲疑地說：

「因為我被這份美上加美給打動了。」

「你明明是兩千年前的魔族，腦袋未免太過和平了吧！」

莎夏忍不住吐槽後，方才一直板著臉旁觀的辛靜靜地開口說：

「所以我才說他沒問題吧？」

「我沒想到會是這個意思……」

§4　【洗禮】

庭園裡擺放著桌椅，形成學生餐廳「大海原之風」的露天座位區。

由於時間剛好，我們便決定在此用早餐。

要幫學生全員製作早餐，只靠媽媽一個人會忙不過來，所以米夏她們也過去幫忙了。

接著，正當眾人幾乎都用完早餐時——

「還有時間用餐嗎？」

雷伊這會兒才姍姍來遲。

他脫下制服上衣，手中拿著靈神人劍。襯衫被汗水完全浸溼了，大概是從早就一直在辛勤地練劍。

「稍微能運用自如了嗎？」

我將希望麵包拋給雷伊。

他接過麵包，露出爽朗的微笑。

「一不小心就會立刻被它帶走根源呢。」

我對雷伊投以魔眼（眼睛），發現他的根源減少到僅剩一個。他似乎罕見地陷入苦戰，不過臉上流露出相當滿足的神情。能夠揮舞發揮嶄新力量的靈神人劍，想必讓他感到很快樂。

「還不知道海馮利亞的人何時會來要回這把劍。」

「假如可以，我也想試著揮揮看完整的靈神人劍。」

雷伊這麼說，將麵包塞得滿嘴都是。

「如果有機會就好了呢。」

我將手中裝有咖啡的杯子遞過去，他接過後一口飲下。

「啊～對了，有件事一直讓我很在意。」

艾蓮歐諾露一邊用餐巾紙擦拭潔西雅的嘴角，一邊開口說：

「巴蘭迪亞斯的人們，比方說法里斯，他們現在已經不再是城魔族了嗎？你們想想，巴蘭迪亞斯失去主神，原本偏向築城的秩序已經消失了吧？因為法里斯現在已經是米里狄亞世界的居民，而米里狄亞世界並沒有偏向任何秩序。」

「姑且不論今後誕生的人，已經出生的人似乎沒有出現變化。不過今後說不定會慢慢出現吧。」

即使世界改變，人們也不會立刻改變。也就是說，並不是事事都會受到主神左右。

「雷伊，如果還沒吃飽，就帶去吃吧。時間差不多了。」

「那我就拿一點走吧。」

雷伊把手伸向裝滿大量麵包的籃子，直接整籃提走。

由於學生餐廳還有其他客人，我留下伊杰司當作爸媽的護衛，離開庭園。

我和其餘的學生們一同穿過宮殿通道，來到一個有四根柱子圍繞的地方。

我站在轉移魔法陣上開口說：

「淺層第一。」

送出魔力後，視野瞬間變得純白一片。

「——轉移解除。」

隨著這道不帶感情的聲音響起，視野恢復原狀。

轉移並未完成，我們依然停留在有四根柱子圍繞的地方。

裁定神奧特露露的身影出現在眼前。

「抱歉，通知得有些晚了。從今日起，魔王學院將轉籍到深層講堂。」

「咦～？不是按照小世界的深度來區分教室嗎？」

艾蓮歐諾露一臉困惑地詢問。

儘管我們在銀水序列戰中擊敗巴蘭迪亞斯，由於沒有奪取火露，米里狄亞世界目前仍屬於淺層世界。

「我們並不會只以深度進行評價，講堂的選定也會受到序列影響。在更深層的講堂上，不僅會教授符合該深度的魔法，還會進行為了逼近深淵所需要的課程。一般來說，淺層世界的居民會先提升他們的序列，並在經過中層講堂的教學與訓練後，才進化為中層世界。」

也就是先提升序列，之後再讓世界加深的結構吧。

我記得有人說不動王卡爾汀納斯會故意降低自己世界的序列，只跟淺層世界交戰，大概就是利用了帕布羅赫塔拉的這種機制。

難怪他會被人揶揄是紙老虎。

「嗯～可是，直接跳過中層講堂，突然轉到深層講堂是怎麼回事啊？」

「因為你們戰勝了深層世界的巴蘭迪亞斯。雖然不合常規，實際上米里狄亞目前擁有兩名主神，特別是你們毀滅了主神王虎梅帝倫。基於帕布羅赫塔拉的規定，我們針對以上三點進行了評價。米里狄亞目前的序列是第十八名。而你們剛來這裡時，序列是最低的第一百八十三名。」

「哇！提升了好多名喔！」

艾蓮歐諾露這麼說完，潔西雅便接著說：

「目標……第一名……」

「嗯嗯，一起努力吧～」

既然主神的數量會影響序列的決定，也就是說每個小世界不一定只有一個主神吧。

雖然沒有一定要達到第一名的理由，只要進到十名以內，要接觸聖上六學院的伊威澤諾也會變得比較容易。

假如能提升序列，那當然是再好不過了。

「同樣說明有些晚了，在上次的銀水序列戰中，魔王學院獲得了一百零二枚校徽。由於超過登記的學生人數，可以獲得正式加盟帕布羅赫塔拉學院同盟的權利。今日經過聖上六學院的審查，將會正式完成加盟。由於是形式上的事項，至今並未有遭到否決的前例。」

一艘巴蘭迪亞斯的飛空城艦，約由三十名船員操作。我在以飛空城艦為武器砸毀那些船隻時，也順便奪走了他們的校徽，可是似乎有些搶過頭了。

「還有其他提問嗎？」

「沒有。」

「那麼要移動了。深層第二。」

視野突然變成純白一片，我們進行了轉移。眼前出現第二深層講堂的門，奧特露露將其緩緩推了開來。

就在這個瞬間，門還未完全打開，一把銳利的刀刃便猛烈地刺向我的臉。我空手將其抓住，仔細一看便發現那原來是一把前端尖銳的陽傘。

「嗨，你來啦，阿諾斯．波魯迪戈烏多。」

一名編著麻花辮的少女把臉湊近，同時睜開雙眼。一雙玻璃珠義眼狠狠地瞪著我。

她是災淵世界伊威澤諾的居民——珂絲特莉亞．亞澤農，是盯上媽媽的兩人組中的其中一人。

「唔嗯，還真是熱情的歡迎呢。」

「不過就只是個招呼——只是在教導你災淵世界的常識。」

「原來如此，那裡看來是個相當高雅的世界呢。」

面對瞪著我的珂絲特莉亞，我帶著笑容說：

「我正好在想是否能遇見你們呢。既然我們同班，那真是太好了。」

「怎麼可能。聖上六學院不會與你們一同上課。我只是來這裡授課的。」

深層講堂裡應該全是深層世界的人。假如講師不是聖上六學院，恐怕無法授課。

「你們為何會盯上媽媽？」

「你最重視的東西是什麼？」

珂絲特莉亞收回陽傘，露出好戰的笑容。

「如果你告訴我，我就回答你。」

「是和平。」

我立刻回答後，珂絲特莉亞就像被觸動某種陰晦的情緒，嘴角扭曲地揚起。

「那我就將那個米里狄亞的和平——」

「能夠平穩地享用焗烤蘑菇的日常，正是我最重視的寶貴時光。膽敢奪走這段時光之人，不論是誰我都絕不會放過。」

她突然扳起臉，用義眼狠狠地瞪著我。

「去死吧。」

丟下這句話，珂絲特莉亞調轉腳步。她輕盈地跳躍，降落在圓形的講臺上。

這裡跟淺層講堂一樣，座位設置在講堂四周，圍繞著講臺擺放著桌椅。

「你世界的序列，提升到第幾名了？」

我悠然地走向適當的座位，同時回答她：

「聽說是第十八名。」

「真是前所未聞呢。」

珂絲特莉亞一臉不以為意的表情閉上雙眼。

「不僅是泡沫世界，元首還是不適任者，最後竟然還剝奪了作為世界意志的主神之力，這個就連在帕布羅赫塔拉的悠久歷史中，也是史無前例的事。」

她雖然平淡地說著，話語中卻充滿了負面的情緒，令人光是聽聞就會感到不舒服。看來她相當記恨我捏碎了她的義眼。明明能輕易修復，真不知道哪裡惹到她了。

「你們違背了這所學院的傳統。」

「最近才剛加盟的伊威澤諾竟然提到傳統，還真是有趣。」

「沒錯，幻獸機關才剛加盟不久。可是，那些自遠古就在這所學院裡的人會怎麼想呢？你覺得他們會認同魔王學院嗎？深層講堂的學生們會接受什麼泡沫世界的不適任者嗎？」

突然間，其他學院的學生們向我們投來不善的眼神。

縱使他們沒有明說，散發出來的魔力卻充滿敵意，怎麼樣也稱不上是歡迎的氛圍。

「有關今天的課程——」

珂絲特莉亞帶著弦外之音說：

「新來到深層講堂的學院，有個需要接受洗禮的傳統。」

「哦？」

「這不過就是餘興節目，你無須擔心。」

珂絲特莉亞輕輕笑了笑，同時繼續說：

「規則很簡單。選一人擔任『構築者』，由其隨意構築一道魔法陣。其他學生則要擔任『施展者』，並使用『構築者』展開的魔法陣施展魔法。在構築者進行示範後，如果能發動與其相同的魔法就算成功。如果辦不到，則會失去資格。在排除失去資格的人後，更換構築者繼續進行洗禮。」

所謂用他人構築的魔法陣，等同於在他人的輔助下構築術式。即使是難度高且無法獨力施展的魔法，也能用這種方式施展出來。話雖如此，要用他人構築的術式施展魔法，本來就是一件難事。換句話說，這是要測試對魔力的控制與魔法技術。

最困難之處，恐怕在於施展不同世界的魔法。更別說還是施展比自己世界還要深層世界的魔法，一般都會缺乏相關的知識。

對新來到深層講堂的學院而言相當不利。

「如果經過三輪都沒失去資格，就算合格。」

「要是不合格呢？」

「降為序列第五十名，從中層講堂重新來過。」

原來如此。

「洗禮說得還真是貼切。」

珂絲特莉亞閉著眼睛輕輕笑了笑。

「放心吧，第二深層講堂的頂端——聖道三學院不會參加。同時禁止使用小世界的最上級魔法，也就是所謂的深層大魔法。因為按照規定，第一輪必須施展基礎魔法，第二輪是下級魔法，第三輪則是中級魔法。」

她大概想說，即使如此我也不可能合格吧。

「真是不像話。」

「你想逃嗎？」

珂絲特莉亞帶著陰險的笑容說。

「逃？咯哈哈。睡昏頭也要有個限度。我的意思是說，能打著呵欠合格的測試，根本稱不上洗禮。」

最先作出反應的不是珂絲特莉亞，而是其他學生們。

我無視他們就像被激怒般投來的銳利眼神，對珂絲特莉亞繼續說：

「我打從一開始就沒把聖道三學院之類的放在眼裡。廢話少說，就由妳上吧，亞澤農的毀滅獅子。」

「哦？是嗎？我是沒意見。既然你無所謂的話。」

珂絲特莉亞的全身冒出漆黑粒子。那是一股近乎暴力的魔力奔流。

「來吧，我讓妳先攻。妳就儘管使出我所無法施展的魔法——」

『「閉嘴。」』

就像要打斷我說話一般，一道充滿強制力詛咒的聲音撕裂大氣。

我轉頭看去，看到一名男子緩緩站起來。他的臉孔下半部裝著一個骸骨面具。從那骸骨的牙齒上，展開了一道多重魔法陣。

「容在下自我介紹，在下是聖道三學院之一，聖句寺院的大僧正貝爾馬斯．法札特，同時也是聖句世界阿茲拉本的元首。」

大僧正貝爾馬斯投來一道挑釁般的眼神。

「無法說話了吧？這是我們阿茲拉本的聖句屬性上級魔法『聖句從屬命令（ragabesu）』。只要聽到聖言，除非以更高階的聖句魔法覆蓋，否則將會一直遵從命令，直到效果消失為止。」

大僧正貝爾馬斯指著我。

「縱使你聲稱沒把聖道三學院放在眼裡，別說是我們世界的深層大魔法，就連上級魔法都無法應付。更何況還想越級挑戰聖上六學院，簡直不知天高地厚。你就老實接受普通的洗禮，並在今後謹言慎行。要是明白了，就舉起你的右手。」

對於他的勸告，我不發一語地以笑容回應。

「真拿你沒辦法。」

魔法陣疊在面具附帶的骸骨牙齒上。

『「給我擰扭壓碎，飛走吧！」』

面對傳來的「聖句從屬命令」，我在發聲的同時畫出魔法陣。

『「要飛走的人是你才對。」』

「————什麼……」

我的話語穿過他的耳朵，劇烈地撼動他的根源。

「呃、喔喔喔喔喔喔喔喔咕喔喔喔……！」

大僧正貝爾馬斯全身噴出血且被擰扭壓碎，猛烈地飛了出去。他就這樣撞碎牆壁，重重地陷進牆壁裡。

居然能無視肉體強度將人捻碎，真是個不錯的魔法。

不過缺點也很多就是了。

「…………這、這……是…………『聖句從屬命令』…………怎麼、會……？被封口之後，應該無法施展才對……」

大僧正貝爾馬斯一臉無法理解的表情瞪著我。

「因為你要我閉嘴，我就閉著嘴巴說出命令罷了。除非對方是弱者，不然這種魔法只能用來偷襲。而且要是施展失敗，聖句就會輕易地反噬己身——就像現在的你一樣。」

「……唔、姆…………」

貝爾馬斯以充滿屈辱的表情咬緊牙關，發出「咯吱咯吱」的聲響。最初發來的聖句，被我用「破滅魔眼」瞪滅了。

就我所見，「聖句從屬命令」能發揮出讓所說命令實現的強力效果，然而只要術式稍有差錯，其力量就會立刻減弱。

「不服的人就站出來吧。」

我大致掃過一眼在講堂內的學生們。

「就按照你們的傳統，讓你們接受我的洗禮吧。」

§5　【聖道三學院】

「原來如此。」

深層講堂的一隅響起一道低沉的聲音。

「米里狄亞的元首大人看來相當有自信。」

一名戴著貝雷帽的男子站起身。

他散發一股儼然是學者的氛圍，泰然自若地開口說：

「你確實非比尋常。無論是使得貝爾馬斯大人的聖句反噬自身的本事還是治理的小世界，都顯示出你是一個異質的存在。關於你獨自打倒王虎梅帝倫的消息也具有可信度。」

貝雷帽男子將視線落在手中的魔王報紙號外上，同時繼續說：

「我認同你確實擁有一定的力量。可是，作為關鍵的智慧又是如何呢？深層講堂的洗禮，可沒輕鬆到單憑力量就能通過。」

男子將號外彈飛，號外隨即就在空中燃燒，瞬間化為灰燼。

「就由聖道三學院的一角，思念世界萊尼埃里翁的元首，我多納爾多・赫夫尼奇來教授你這件事吧。」

「想要一口氣挑戰所有人並不符合禮數。」

話音剛落，這次是臉上化著誇張妝容的男人突然跳起來站在桌面上。他穿著一件滑稽的法衣，猶如一名小丑。

「不過，新來的總是這樣嘛。即使你要珂絲特莉亞也一塊兒參加，咱家也沒什麼意見。反正也輪不到她上場。」

「還真是愉快的打扮。你也是聖道三學院的一員嗎？」

我如此詢問他，小丑男便回答：「沒錯。」並行了一個滑稽的禮。

「咱家是粉塵世界帕里維亞的元首，小丑一門的導師利普·庫爾騰喲。」

利普再度跳起，當場翻了一個筋斗。

「哎呀哎呀，在下小看敵人的毛病怎麼樣都改不過來呢。」

直到方才都還陷在牆裡的大僧正貝爾馬斯，若無其事地站在本來的位置上。他被扭擰壓碎的身體已經完全復原，看來聖句魔法也能用在治療上。

「畢竟在下的聖句太過強大，對一般人會造成致命傷嘛。太過手下留情還真是抱歉。」

沒有其他人打算起身參加。

因此將由聖道三學院——聖句世界的大僧正貝爾馬斯、思念世界的元首多納爾多和粉塵世界的導師利普，以及珂絲特莉亞來進行洗禮。

「參加者已確認完成。」

當奧特露露將發條插入地面的魔法陣後，魔法陣就漸漸擴大到整間深層講堂。那是立體魔法陣。她就像在上發條一樣，發出「嘰、嘰、嘰」的聲響轉動發條。

「『異界講堂（gozotto）』。」

牆壁、地板與天花板都染成了藍色，周圍變成一間水造的講堂。身體並未下沉，能正常地走動。

「『異界講堂』是利用帕布羅赫塔拉宮殿的魔力創造而成，是一間與外界隔離的講堂。即使施展魔法，也不會對現實世界造成影響，或傷害到參加者以外的人員。從『異界講堂』外側能看到內部的情況、與內部的人員對話，以及施展集團魔法。」

我看向我的部下們，發現他們的身體看起來藍色透明。米夏朝我稍微伸手，便穿過了我的身體。

「……無法干涉。」

也就是除了洗禮的五名參加者以外，其他人都待在「異界講堂」的外側，便無法傷害到我們。

「來決定順序吧？抱歉，珂絲特莉亞請排在最後一位喲。」

打扮成小丑的導師利普如此說。

「我無所謂。」

珂絲特莉亞冷淡地回應後，從圓形講臺輕躍而下，坐到學生的桌子上。

「那麼，這次就用這個來決定吧。」

利普取出四張卡片隨手一拋，卡片們一面旋轉一面飄浮在講臺中央。每張卡片的正反兩面都畫著相同的魔法陣。

「拿起卡片，然後注入魔力吧。」

利普如此指示同時伸出手，一張卡片便飛到他的手中。我也勾了勾食指，召來一張卡片。戴著骸骨面具的貝爾馬斯和戴著貝雷帽的多納爾多也同樣都拿到了卡片。

我一注入魔力，我的卡片隨即溢出光芒，上頭寫著數字四。

「哈，沒中。要是抽到第一位，說不定至少能淘汰掉一人呢。」

小丑一副自己的魔法暗藏某種玄機一般地說。眾人抽到的卡片分別為：利普抽到二、貝爾馬斯抽到一，以及多納爾多抽到三。

這就是這次洗禮中「構築者」的順序。由於珂絲特莉亞是最後一位，所以排在我後面，是第五位。

「在下是第一位啊……那麼──」

大僧正貝爾馬斯伸手畫出魔法陣。

隨後，相同術式的魔法陣在我與其他三人面前展開。

「看來你似乎具備施展聖句魔法的素質。既然如此，就讓在下稍微換個風格吧。」

貝爾馬斯將魔力集中在手掌上。

『「咒言屬性中級魔法，『斬咒狂言（zain）』。」』

那是咒言之刃。

詛咒的言語飛向中央講臺將其切割成碎片。

『「「『斬咒狂言』。」」』

於是，利普、多納爾多與珂絲特莉亞一齊唸出聲。

由於魔法陣本身由貝爾馬斯構築而成，屬於不同世界的三人也能夠施展。

「好啦，這種與聖言完全相反的咒言，你真的有辦法──」

『「『斬咒狂言』。」』

我發出的銳利咒言之刃將圓形講臺切成碎塊。

「恰巧我很擅長詛咒這一塊。」

只要能窺看到構築者使出的魔法深淵，以及位於眼前的術式深淵，再來就取決於魔力與技術了。

我沒理由辦不到。

「……這還只是第一輪。不過就是小試身手，別得意忘形了……」

「哪有人一連兩次都在小試身手啊？別浪費時間，下次就用深層大魔法上吧。我應該說過，能打著呵欠合格的測試，可稱不上是洗禮。」

「如果你想見識深層大魔法，就得先展示相應的實力。」

第二位構築者，粉塵世界的導師利普如此輕佻地說，然後畫出魔法陣。跟方才一樣，其他四人面前也出現了相同的魔法陣。

「咱家的魔法，是揮灑粉塵的小丑魔法。要是你模仿得來，就儘管模仿吧。來吧，化妝屬性中級魔法──」

利普指著我。

「『變化自在』。」

當魔法粉塵灑落的瞬間，我的右手開始腐爛，「啪答」一聲掉落在地上。

「哦？」

「這個魔法會導致結果就跟化妝一樣。假如化出受傷的妝容，就會真的流血；假如化上腐敗的妝，就會真的腐爛掉落。要是不快點施展『變化自在』化上原本肌膚的妝，後果將會不堪設想喔。」

受到「變化自在」的效果影響，我的身體眼看著漸漸腐爛、崩塌，化為一團腐蝕而成的黑銹。

「哈哈！」

利普施展「轉移」來到黑銹前面。

「你失敗了呢，真～可惜。要我幫你治好嗎？」

突然間，一道猙獰的咆哮撕裂大氣，一頭巨大的骨龍從黑銹裡冒了出來。骨龍彎曲地伸長軀體，猛然逼近啞口無言的利普，咬下其銳利的尖牙。

「就算失敗了，你也用不著這麼生氣吧？」

導師利普一畫出魔法陣，隨即便出現六顆魔法球。他以雙手手指夾住它們，注入魔力朝骨龍投去。

魔法球貫穿骨龍，緊接著陷入後方的水牆裡。

「怎麼樣啊——」

利普說到一半突然停下，身體輕顫一下。因為我從背後抓住他的肩膀。

「你在唱什麼獨腳戲？那可是你自己世界的魔法吧？」

利普僵硬地轉頭看來。

「……你是何時發現的……？」

「如果是指『變化自在』只是用粉塵產生幻影的魔法這件事，我在看到術式的瞬間就發現了。它跟我使用的魔法十分相似。」

我的身體腐蝕的幻影，是他施展「變化自在」；然後變成骨龍冒出來的幻影，則是我施展的「變化自在」。

這個魔法跟「幻影擬態(raineru)」一樣，只有讓人看見幻影的效果。

話雖如此，不只是視覺，就連嗅覺和聽覺等五感，甚至連魔眼(眼睛)都會受到影響。要識破幻影是一件困難的事情。

連熟知「變化自在」的利普都能騙過，應該可以說是「幻影擬態」的上位魔法。

「原來如此。從你受到『變化自在』也不為所動的反應來看，是已經從洗禮的規則中看出會受到對方魔法妨礙的可能性吧。」

思念世界的元首多納爾多開口說：

「你甚至還識破了魔法效果說明的謊言。看來你連腦袋也轉得相當快。」

他和珂絲特莉亞等人也已經在方才的混亂中成功發動「變化自在」。

接下來由多納爾多擔任第三位構築者。

「看來你很擅長使用語言與化妝的魔法，那麼思念又如何呢？」

多納爾多畫出一道魔法陣。其他四人面前也構築出相同的魔法陣。

「為了對你的力量表示敬意，我就讓你見識我們世界的思念屬性上級魔法吧。以思念進行魔法控制，會用到平時不會使用的意識深層領域，因此相較於耳朵能聽見的話語或眼睛能看見的化妝，難度截然不同。」

多納爾多施展「創造建築」的魔法，在講臺上擺放了大約一百個人偶。

它們全都相當於人類的大小。

「我來說明吧。這個魔法──『思念並行附身』在我們思念世界是被認可為一流魔法師的證明。」

魔法發動後，一個人偶動了起來，同時開口說：

「能理解嗎？我並沒有操控它，而是我多納爾多的思念直接附身在人偶上了。」

「當然，本體也能像這樣行動。」

與人偶的聲音重疊，這次是多納爾多的本體在說話。

「即使你能附身在人偶上，接下來可就不簡單了。因為『思念並行附身』所需要的，是能同時進行不同思考的並行思考。你能在計算除法時，同時計算乘法嗎？倘若是像我這樣窮極思念魔法的人──」

多納爾多彈了個響指，一百個人偶便各自帶有不同的意志分別做出不同的行動。

「就像這樣。好啦，如果你能控制至少一個人偶，就算合格——什麼……！」

多納爾多與他那一百個人偶全都張大了嘴，彷彿很震驚一般。

在我的座位上，以「創造建築」創造出的一百個人偶，正各自以不同的姿勢慵懶地打著呵欠。

「……跟、跟我一樣，一百個同時並行思考……」

我盤起腿托著臉頰說：

「我的呵欠停不下來呢，多納爾多・赫夫尼奇。」

我的一百個人偶用手撐著地板，在倒立後跳起激烈的舞蹈。

「怎……哈……！……」

他驚嘆地將視線投向跳舞的人偶。

「『思念並行附身』相當於將分割的意識附身在人偶上……並非操線人偶，而是讓每個人偶分別依照術者的思考行動，五感也會直接反饋。正因為如此，如果要同步做出動作，就需要進行跟普通跳舞同等難度——不對，是更高層次的思考訓練……你竟然這麼輕易地辦到了。但是——！」

他的魔眼（眼睛）一亮，其人偶接連倒立起來。

「你以為思念世界的元首，我多納爾多・赫夫尼奇沒辦法施展『思念並行附身』跳路旁旋轉舞（B-boying）嗎……！」

他的人偶跳起激烈的舞蹈。

「哦？在你們的世界，這被稱為路旁旋轉舞啊？那我就告訴你，這個舞蹈在米里狄亞世界的名字吧。」

我和人偶一起把頭放在桌上，放開雙手、張開雙腳在原地高速旋轉。

「——就叫做路邊旋轉舞（Breakin'）。」

「……呣、呣唔……！」

我已經成功施展了「思念並行附身」。

沒理會我與他的對決，其他三人也普通地完成發動「思念並行附身」。

明明只要趕快輪到下一個人就好，然而統治著思念世界的多納爾多，他的自尊不允許他這麼做。

「小意思，就這點程度！」

他的人偶把頭放在地板上，開始在原地旋轉。多納爾多也立刻拋開他的貝雷帽，把頭放在桌上激烈地做出頭轉動作。

「別小看思念世界的元首，我百識王多納爾多・赫夫尼奇啊！」

「太慢了。」

我無視他的頭轉動作，將旋轉速度提高三倍。

「還・沒・完・呢——！」

百識王多納爾多不甘示弱，以快我三倍的速度進行頭轉動作。

「哇啊啊啊啊啊啊啊啊啊啊啊啊啊啊啊啊！」

「哦？真不愧是聖道三學院。」

我用力扭動脖子，和人偶一起以倒立的姿勢跳起。

「我就獎勵你吧。」

「……什麼……只靠脖子跳起來了……！」

當我一面跳起一面以多納爾多四倍的速度旋轉後，見到這一幕的創術師法里斯・諾因開口說：

「──啊啊，那正是偉大的魔王陛下所帶來的旋轉之美。」

「囂・張・什・麼・啊啊啊啊啊啊！」

多納爾多和我一樣，只靠脖子的力量就跳躍起來。然後，他漂亮地達成了四倍速的頭轉動作。

他咧嘴一笑。緊接著……多納爾多的人偶們接連摔落，失去對頭轉動作的控制。

「什、麼……………！這是…………！」

多納爾多也跟著以倒立姿勢摔落，在腦袋撞上桌面的瞬間狠狠地扭到了脖子。

「咕唔唔唔唔……！」

「你確實能輕易進行一百個並行思考──前提是你的本體處於正常狀態的話。」

百識王的人偶們接二連三地在原地倒下。

「太過迅速的頭轉動作打亂了你的並行思考，進而導致『思念並行附身』失控。」

簡單來說就是頭暈了。

「……唔、唔……唔唔唔……」

我以頭部降落在桌面上，盤著雙手並再度加快旋轉速度，直言不諱地對百識王多納爾多・赫夫尼奇說：

「就算並行思考的能力旗鼓相當，論腦袋的轉速還是我比你快吧。」

§6 【深層大魔法】

我突然停下旋轉的身體。

解除「思念並行附身」的魔法消除一百個人偶。

「唔嗯，輪到我了啊？」

我這麼說完，大僧正貝爾馬斯、百識王多納爾多，以及導師利普三人立刻提高警覺亮起各自的魔眼（眼睛）。

這麼做就彷彿在表示，不論我使出什麼樣的術式，他們都會窺看其深淵且加以施展。

「來吧。方才的屈辱，這次我要奉還給你。我這精通一切魔法的百識王之名，可不是憑空而來。」

百識王多納爾多發出「咯吱咯吱」的聲響轉動扭到的脖子。

「咱家也很不爽被一個新來的一直踩在頭上，這次就換咱家讓你大吃一驚吧。」

導師利普以注入魔力的指尖在眼睛周圍化出宛如黑眼圈一般的妝。那大概是強化魔眼的術式。

「你表現得相當特立獨行，但不論轉還是不轉，結果都一樣。你不過就是突破第一輪，下一輪將會變得更加困難。你最好認為，假如無法在你的回合淘汰至少一人，就別想通過第二輪。」

大僧正貝爾馬斯如此嘴硬地說。而百識王多納爾多也揉著脖子說：

「話雖如此，我們在這個深層講堂裡已經見識過各式各樣的魔法，淺層世界的魔法對我們來說極其簡單。我來給你一個建議吧。我們方才構築的魔法，正是了解我們所不擅長魔法的重要線索。可是，你最應該優先淘汰的人，其實是還未展示過魔法，聖上六學院的珂絲特莉亞女士。」

多納爾多一面有條有理地進行說明，一面對我施加壓力。

「看你要施展有機會能確實淘汰我們三人當中其中一人的術式，還是要孤注一擲，試著把機會賭在最為棘手的珂絲特莉亞女士有可能無法施展的魔法上，雖然我覺得你是那種越說辦不到，就越想去做的那種人，怎麼樣啊？」

他大概想挑動我的自尊心，讓我把目標放在珂絲特莉亞身上。

簡單來說，就是不想我施展他們不擅長的魔法。要淘汰沒有任何情報的她是非常困難的一件事。讓全員全部順利留到第二輪，恐怕是百識王所構思的情境。他大概認同我的實力，認為我能看穿聖道三學院的弱點，並選擇該魔法施展，不過他太天真了。

他仍舊小看了我。

「我棄權。」

周圍陷入一片沉默。

他們瞬間全都愣住了，彷彿聽不懂我到底說了什麼。

「……你說要棄權？這是什麼意思？」

大僧正貝爾馬斯提問。

「我還沒見識你們的深層大魔法。」

我靠脖子的力量跳起，翻了一個筋斗降落在桌面上。

「我們魔王學院才剛來到這片銀海，缺乏對深層魔法的知識。如此一來，也無法創造新的魔法。」

當我這麼說完，他們立刻露出顯而易見的熊熊怒火。

「我相當讚賞你的力量。歷經與我們截然不同進化的小世界，看來超乎想像地難以用我們的標準來衡量。然而……」

百識王多納爾多說：

「阿諾斯小弟，你這樣未免太過傲慢了不是嗎？」

「你們才是。因為我是泡沫世界的元首，就在心裡不知不覺設下界限了不是嗎？認為我不可能做得更好。」

多納爾多瞬間沉默不語。

我緩緩地將指尖指向珂絲特莉亞。

「好了，接下來輪到妳了。快放馬過來吧。」

於是，她露出一副不在乎的表情說：

「我也棄權。」

「哦？」

「你把他們惹火了。等你處理好他們之後，我再當你的對手。」

她這麼說著，就像要看好戲一般在桌面上把腿翹起來。

『「『聖句封印解除（vaundo）』。」』

大僧正貝爾馬斯一說出聖句，全身立刻湧現大量以文字形態呈現的魔力。

『「多納爾多、利普，很遺憾這次輪不到你們兩人了。因為在下將要施展連你們也無法發動的這個魔法——」』

他的話語帶有魔力，並形成五人份的多重魔法陣。聖句在講堂內迴蕩，其聲音發揮出驚人的力量，甚至具現化到肉眼可見的程度。

「咯哈哈。我就是在等這個。來吧，讓我好好見識一下。」

『「不，你仔細聽好了。」』

他只不過是在說話。

類似鐘聲的「鐺、鐺」聲響便層層疊起，在講堂內迴蕩。

『「聖句終將化為無上真理。這道旋律乃是深層三十一層——聖句世界阿茲拉本的歷史上僅有兩人成功發出的無常聲響。那是度過千年的冥想，唯有開悟者才能到達的顛峰。」』

其話語一一化為聖句，魔力開始充滿整間講堂。

『「來吧！豎耳恭聽！這個深層大魔法——」』

骸骨面具宛如覆蓋住整張臉般變形。

『「『祈希誓句聖言稱名（adonia eru herumakesu）』！」』

聖潔的言語與聲音響徹。與此同時，所有桌子粉碎飛散，椅子也被颳飛。深層講堂隨著「喀答喀答」的聲響晃動，一切物品皆被彈飛出去。

不僅如此，光是站在這裡，就能感覺到身體受到強大的壓力。

是魔法？不，不對。

這股力量來自第七艾蓮妮西亞的秩序。

「『祈希誓句聖言稱名』是一種讚揚神的聖句魔法。這個魔法能提高任意神性，在聖句抵達的範圍內強化神的秩序與權能。在下現在所讚揚的，即是這個第七艾蓮妮西亞的破壞神沃札克。明白了嗎？」

隨著一陣尖銳的聲響，「異界講堂」的牆壁全都開始崩塌。

「在強化了破壞秩序、即使不做任何事也會逐漸毀滅的這個領域裡，只要發出攻擊魔法，結果將會不言而喻。能局部性地將中層世界的秩序力量提升到深層世界的水準，正是我們聖句世界的深層大魔法！絕對不是你能輕易模仿的——」

類似鐘聲的「鐺、鐺」聲響迴蕩在講堂內。

「——什麼……該……該、不會……這個是……這個聲音是……！那種事情，不可能會發生——……！」

『「『祈希誓句聖言稱名』。」』

我的話語震撼深層講堂。

震動太過激烈以至於無法站穩的貝爾馬斯立刻死命地抱在柱子上。

「無、無常聲響啊啊啊啊啊啊啊啊啊啊啊啊啊啊啊啊……！」

受到我所施展的「祈希誓句聖言稱名」影響，兩種秩序互相衝突，使得此處劇烈地上下晃動。

就像進到了正在被巨人上下搖晃的箱子裡。

然而，現場沒有出現任何破壞。這是因為物質已經變得更加堅固了。

「只要讚揚堅固的秩序，使得物質承受得住破壞，那麼力量就會達到平衡，崩塌自然不會發生。」

只不過，這和平時穩定的秩序還是不太一樣吧。

「……怎、怎麼……會……就算在下構築了魔法陣……能發動這個魔法的人，除了聖句世界的人以外……」

「下一個。」

「……什、麼……？」

「如果這樣就結束了，剩下兩人會不服氣吧？」

導師利普和百識王多納爾多都無法施展「祈希誓句聖言稱名」。

按照規則，他們將會遭到淘汰，不過這樣就太無趣了。

「准。就試著向我報一箭之仇吧。」

「你還真是大方呢。那麼作為感謝……」

導師利普在腳下畫出一道多重魔法陣。

「就讓你後悔不已吧——！」

大量的魔法粉塵一擴散開來，周圍就彷彿經過化妝一般地逐漸改變姿態。

「『界化妝虛構現實(hairiyamu peereemu)』。」

講堂在轉眼間消失無蹤，我和利普站在荒野之中。

其他人的身影消失，天空浮現七個月亮。

我們方才應該在帕布羅赫塔拉的立體魔法陣所創造的「異界講堂」裡，竟然能將其覆蓋，這可不是尋常魔法能辦到的事。

「歡迎來到無法施展魔法的世界。」

利普像個小丑一般戲謔地笑了笑。

「粉塵世界帕里維亞的深層大魔法——『界化妝虛構現實』能隨心所欲地為這個世界化妝。這裡已經無法施展魔法了。」

「哦？」

我試著向魔法陣送出魔力，不過確實毫無反應。

「咱家可沒騙人喔。畢竟就連咱家也無法施展呢。」

利普試著揮手施放魔力，但結果依舊一樣——什麼事情都沒發生。

「原來如此。透過讓自己也承擔同樣的風險，即使是強大的對手，也一樣能封鎖對方的魔法——」

利普得意地笑了出來。

「——看來你想讓我這麼認為呢。」

利普的笑臉突然僵住。

「『界化妝虛構現實』藉由該領域內的人所相信的事物，從而決定領域內的秩序。換句話說，只要你我都認為這裡是無法施展魔法的世界，這裡就會變得真的無法施展魔法。」

我向魔法陣送出魔力。

「無法看見魔力只不過是一種幻覺。和『變化自在』一樣，這個魔法欺騙了五感與魔眼，但實際上魔力已經傳送出去。」

我在腳下畫出多重魔法陣，魔法粉塵從中一口氣擴散開來。

「『界化妝虛構現實（hairiyamu peereemu）』。」

藉由我所施展的這個深層大魔法，荒野的景象遭到覆蓋，轉眼間被化妝成草原。

一陣強風吹起，被撕裂的無數綠草漫天飛揚。

「……你叫做阿諾斯·波魯迪戈烏多吧？」

利普茫然低語，將小丑臉孔朝我看來。

「你究竟是什麼人？竟然這麼輕易就識破咱家的深層大魔法。」

「沒什麼，這原本是一種需要趁人不備的魔法吧？對於只能正面展示術式的洗禮規則來說，這很難說是一個適合的魔法。」

這個深層大魔法的關鍵，在於術者能在多大程度上向對方隱瞞自己的目的。他大概也很清楚，在有固定規則的洗禮中，無法發揮這個魔法的真正實力。

當「界化妝虛構現實」解除後，魔法粉塵閃閃發亮地逐漸飛散，周圍恢復成原本的「異界講堂」。

「下一個。」

「當然——我就知道大概會這樣，所以早就準備好了！我很清楚即使是魔法技術優秀的導師利普，應該也無法超越你！」

百識王多納爾多．赫夫尼奇的頭部裊裊飄散出思念波。那是魔法線，正與他學院裡坐在後方的一百多名學生連結在一起。

「阿諾斯．波魯迪戈烏多，我承認你是魔法專家。想要在魔法上超越你，不能單靠技術或魔眼來一決勝負！唯有純粹的魔力強度與魔力量，才是唯一能制伏你——實現魔法精髓之人的方法！」

非比尋常的魔力在多納爾多的周圍形成漩渦，升起紅色的氣場。思念與思念進行同調，藉此讓全員的魔力膨脹數倍。百識王將這股魔力一滴也不剩地注入魔法陣裡。

「看好了。這正是要我們百識學院一百零八人竭盡魔力，才有辦法施展的思念世界萊尼埃里翁的深層大魔法——」

多納爾多發出的思念形成影像，同時開始實體化。

「『剛霸魔念粉碎大鐵鎚（gorugon dorura gadengusu）』————！」

巨大的思念大鐵鎚發出「砰咚————！」的聲響砸下，粉碎講臺。假如具備這種威力，損害似乎也會擴散到其他區域，然而除了講臺以外，只有地板稍微裂了開來。

破壞的對象被限定了。

「……呼……呼……」

多納爾多一口氣釋放出大量魔力後，全身大幅度地喘息。

「怎麼樣啊？這把帶有絕對粉碎力量的思念大鐵鎚。這個能粉碎一切的魔法，你們魔王學院有辦法模仿——」

多納爾多茫然地注視著眼前的景象。比他創造出來還要大上兩倍左右的思念大鐵鎚就出現在那裡。

「唔、啊……啊、啊……」

「『剛霸魔念粉碎大鐵鎚』。」

我的大鐵鎚發出「砰咚————！」的聲響從上方砸下，粉碎他所創造的大鐵鎚。

「怎麼……可……能……」

多納爾多以不聽使喚的嘴巴勉強吐出這幾個字。

「……僅……僅……僅僅一人……就施展出『剛霸魔念粉碎大鐵鎚』……」

「大鐵鎚是以粉碎的印象，這種思念力量來造就絕對粉碎吧。相對於物質，它更適合用來破壞魔力與魔法。這原本是用來粉碎對方的攻擊魔法，或是魔法屏障的深層大魔法吧。」

我伸手畫出多重魔法陣。

「那麼，輪到我了呢。」

我在其他四人面前展開同樣的術式。

漆黑粒子從我身上升起，開始形成一道激烈漩渦。

「如果你們能施展這個魔法，我就當作沒發生過第二輪的失敗。」

究竟在銀水聖海，有多少人能施展這個魔法呢？

與其詢問，親眼見識還比較快。

最重要的是，我想先確認珂絲特莉亞能不能施展。

我施展「飛行(furesu)」飛到天花板附近，將多重魔法陣的砲塔朝向正下方。

「『極獄界滅灰燼魔砲』。」

§7 【毀滅之理】

足以毀滅世界的終末之火靜靜地灑落下來。在這個瞬間，我將魔力集中在右手上，轉動魔法陣的砲塔。

假如我在夢中見到的景象是現實，這個魔法就還有後續。

「——我記得應該是這樣吧？」

終末之火甚至燒燬了空間，就像夢中的毀滅暴君阿姆爾所做的一樣，我畫出一道漆黑灰燼的魔法陣。以「極獄界滅灰燼魔砲」作為觸媒，毀滅魔力聚集在魔法陣上逐漸膨脹。

聖道三學院的三名元首——利普、多納爾多與貝爾馬斯以魔眼（眼睛）注視那道毀滅魔法，同時露出驚愕的表情。

「……那是……什麼……？那個不祥的魔法……！」

「……不知道……！我從未看過，也從未聽過……竟然有我百識王多納爾多．赫夫尼奇不知道的魔法……難道是比我們世界更加深層的…………！」

「……唔……咕咕…………這、這沒什麼！即使是未知的深層魔法，事到如今誰會在這種時候打退堂鼓……！」

大僧正貝爾馬斯伸手碰觸我所構築的魔法陣，窺看其深淵。姑且不論要從頭施展魔法，按照這個洗禮的規則，只要具備充分的魔力、技術與素質，應該就有辦法施展。

「唔唔唔！不入虎穴焉得虎子……！」

「就試著賭上一把吧……！」

多納爾多與利普跟著伸手，試著發動魔法。

當三人臉上流露拚死一搏的決心，為了掌握「極獄界滅灰燼魔砲」的魔法陣而沉入其深淵，接著正要擊發的瞬間——

那股力量開始失控了。

「唔、喔、喔、喔喔……怎、麼了……？魔法簡直不聽使喚——」

百識王多納爾多剛察覺到異變，終末之火便立刻延燒到導師利普身上。

「……怎麼會……！力量從外部湧入……！只是一個魔法陣，竟然逕自傳來超過咱家的魔力……！這到底是什麼……！這種東西……這種東西究竟要如何控制……！」

「……咕、唔，僅是如此，就將在下的……唔、唔嘎、啊啊啊……！」

貝爾馬斯的右手受到失控的終末之火侵蝕，開始崩解並化為灰燼。

「不、不行……無法控制……只能就這樣直接消除……什麼……！怎、怎麼會！火滅不掉……！竟然無法停下魔法……！這個該、該不會……？停下、停下停下……停下、停下啊啊，給我停下啊啊啊啊啊啊啊啊啊啊……！」

百識王多納爾多的身體遭到漆黑的火焰所吞噬。

「唔、唔喔喔喔！」

他就像在求助一般以思念波的魔法線從部下身上匯集魔力。

「我、我的手——右手——竟然無法再生……！可、可惡啊啊啊啊……！快滅掉——快滅掉啊啊啊啊啊啊啊啊啊啊啊啊！」

「給我消失啊啊啊啊啊啊啊啊啊啊啊啊啊啊啊啊啊啊啊啊啊啊啊啊啊啊啊！」

聖道三學院的三人竭盡全力試圖廢棄「極獄界滅灰燼魔砲」的魔法陣。

由於失控的魔力與狂亂的終末之火，帕布羅赫塔拉的立體魔法陣所構築的「異界講堂」化為灰燼，眼看著開始崩塌。

就在這時——

至今一直在靜觀其變的珂絲特莉亞靜靜地睜開她的左眼。她的玻璃珠義眼上倒映著我所畫出的洗禮用魔法陣。

她一伸出指尖便送出魔力，同時眨了一下眼。淡紅色的唇瓣微啟，輕聲發出低語：

「『極獄界滅灰燼魔砲』。」

伴隨著這句話，珂絲特莉亞自行描繪出多重魔法陣，然後形成砲塔。

終末之火猛然顯現。於是，她就和我方才做過的一樣，畫出一道漆黑灰燼的魔法陣。

「哦？居然不是用我準備的魔法陣，而是自行施展『極獄界滅灰燼魔砲』啊？」

亞澤農的毀滅獅子擁有與我同質的魔力，以及酷似的根源。獨臂男子稱為我兄弟，或許真的是這樣沒錯。

可是，有一點讓我很在意。

那個義眼——在她施展「極獄界滅灰燼魔砲」之前，有一瞬間流洩出魔力。

她大概施展了某種魔法。不過，她這麼做的目的是什麼？

至少這不是為了施展「極獄界滅灰燼魔砲」所必要的行為。

「珂絲特莉亞。」

「不要隨便叫我的名字。」

我不予以理會，繼續詢問她：

「妳知道這一招的後續嗎？」

她沒有回答。

她依舊閉著眼睛，同時將臉朝我轉來。

在一萬四千年前的夢裡，毀滅暴君阿姆爾以利用「極獄界滅灰燼魔砲」的黑灰魔法陣，擋下了二律僭主發出的大魔法。

這個魔法應該還有後續。不是發出終末之火，而是將其作為魔法陣，施展出更加逼近深淵的魔法。

「如果還有後續，你就施展看看啊？這樣不就能知道答案了？」

珂絲特莉亞挑釁一般地說。

「很不巧我一時忘了，正煩惱要怎麼想起來。」

黑灰魔法陣無法繼續維持，開始緩緩下墜。

由於尚未完成，「極獄界滅灰燼魔砲」的特性占了上風。

珂絲特莉亞就像要迎擊一般，將黑灰魔法陣往上方射出。來自上下緩緩逼近的兩道毀滅魔法靜靜地交錯。

緊接著，黑灰中湧出火焰，燃燒周遭的一切事物。化為水的深層講堂開始燃燒，所有一切都逐漸化為漆黑灰燼。

「……這……這是什麼啊……！咱家在不知不覺中被施展了『變化自在』嗎……！這種……這種事……！這種荒唐的事，怎麼可能是現實……！」

「……『異界講堂』……帕布羅赫塔拉所隔離的異界，竟然會毀滅嗎……！如此強大的魔法，能造成如此大規模破壞的魔法，他究竟是從哪裡——！」

「唔、唔、喔、喔、喔喔喔喔喔喔喔喔喔喔喔喔喔喔喔喔喔喔喔喔喔喔喔，別、別過來啊啊啊啊啊啊啊啊啊啊啊啊啊啊啊啊啊啊啊啊啊啊啊啊啊啊啊……！」

冰冷寂靜的毀滅籠罩「異界講堂」裡的一切——

一道猶如玻璃破裂的聲音響起。「異界講堂」粉碎飛散，我們回到原本所在的第二深層講堂。

「……呼……呼……」

「唔……唔唔……」

「嘎……啊嘎……」

唔嗯，該說他們真不愧是聖道三學院的元首們吧。利普、多納爾多與貝爾馬斯三人儘管遍體鱗傷，還是竭盡魔力與各自的魔法，設法承受住「極獄界滅灰燼魔砲」的失控與餘波。他們彷彿精疲力盡一般，當場跪倒在地上。

我悠然降落在自己的位置上。

「奧特露露，再施展一次『異界講堂』。對象是我與珂絲特莉亞。」

「這點無法在本次授課中實現。方才的魔法將展開『異界講堂』的立體魔法陣破壞了。」

現在的帕布羅赫塔拉，需要花上一整天的時間才能重新構築。」

奧特露露這樣回答。

「我不介意就這樣繼續進行喲。」

珂絲特莉亞再度移動到講臺上不帶感情地說，同時展開陽傘。那把傘本身化為一道魔法陣從六根骨架傳來的魔力，在各自的前端形成墨綠色的魔法彈——也就是魔彈。

「死了就死了，與我無關。」

陽傘猛然開始旋轉，六顆魔彈逐漸膨脹。

「『災淵黑獄反撥魔彈（reiru furijieru）』。」

墨綠色的魔彈朝著四面八方猛烈射出。

「很危險喔！」

艾蓮歐諾露突然大喊，並與安妮斯歐娜連起魔法線。她以「根源降世母胎（安妮斯歐娜・艾蓮歐諾露）」增幅魔力，並用漫天飛散的無數羽毛形成一道結界。

「『聖域羽毛結界光（enne ijeria）』。」

飛來的墨綠色魔彈在與「聖域羽毛結界光」相撞後被壓扁，隨即朝反方向反射。

「彈回去了喔……！」

「災淵黑獄反撥魔彈」猛然加速，以兩倍以上的速度衝向聖句寺院學生們聚集的一角。

『「守護吧！」』

『「守・守・魔・防——斷絕！」』

他們以集團魔法的聖句展開魔法屏障。魔彈輕易貫穿六層屏障中的五層，並在撞上最後的第六層後，再度以加倍的速度朝反方向反彈出去。

同樣地，她所發出的六發「災淵黑獄反撥魔彈」都在撞上結界或牆壁之後，一面將其破壞，一面不斷地反射。每當這些魔彈擊中結界或魔法屏障並反彈後，其威力與速度都會增加兩倍以上。

倘若置之不理，魔彈的威力將迅速增強，最終恐怕會貫穿結界。

「唔嗯。」

我以右手上的「根源死殺（bebuzudo）」將飛到眼前的「災淵黑獄反撥魔彈」打飛。

那個方向還有另一顆魔彈，兩者相撞後，兩顆魔彈便一併消失了。

「真是有趣的術式。由於會吸收撞擊對象的魔力並反彈，一旦相同的魔彈相撞，雙方便會同時消失。」

我將魔力送到她所展開的洗禮用魔法陣上。我的手掌上出現四發「災淵黑獄反撥魔彈」，並將其射出，抵消剩下的四發魔彈。

「接著是第三輪。」

珂絲特莉亞說：

「如果你有比『極獄界滅灰燼魔砲』還要更強的魔法，就讓我見識一下吧——假如你辦得到。」

她的語氣簡直就像看透了一切。

「妳以為我辦不到嗎？」

「我很了解你的力量。非常了解呢。你的魔法即是災厄本身。如果是我無法控制的術式，必定會對他人帶來災禍。」

她說了很有意思的話。

「那麼，要賭賭看嗎？假如我能在不使用結界或類似的魔法，並且不對第三者造成任何危害的前提下，構築出妳無法施展的術式，就算是我贏了。」

我無畏地笑著對她說：

「屆時妳得告訴我一切有關災禍淵姬的事情。」

「如果你無法構築，就要告訴我你最珍貴的事物是什麼。」

珂絲特莉亞滿懷恨意地說：

「我要在你眼前悽慘地將其摧毀。」

「就這麼決定了。」

我畫出「契約（zekuto）」的魔法陣，她毫不遲疑地在上頭簽字。

那麼——

「莎夏，把那個借我。」

我連結上「魔王軍（gaizu）」的魔法線，將魔力轉給她。

「你這是犯規啦。」

莎夏邊說邊用手遮住自己的眼睛，形成一道陰影。

那道陰影逐漸變形，開始構成某個模樣。當她迅速地揮下手後，便能在「終滅神眼」裡看到城堡的影子。

莎夏的視線宛如太陽般照亮整個場所。我的腳邊出現一個黑點，接著逐漸開始擴大。

由於她還不太熟練，需要一點時間。然而，繼承我一半「混滅魔眼」並且擁有破壞神權能的她，有能力做到這件事。

腳邊的黑點一口氣擴大並化成棒狀，最後形成一把劍的影子。

沒有投影出這道影子的物體，只有影子獨自存在於那裡。總共三分鐘啊？能維持的時間大概也不會太長。

儘管在緊急情況下不易使用，以目前來看表現得相當不錯。如今她的視野等同於過去的魔王城德魯佐蓋多內部，其魔眼（眼睛）已經化為了「理滅魔眼」。

「來吧，貝努茲多諾亞。」

影劍浮上空中，我握住它的劍柄。闇色長劍貝努茲多諾亞顯現出來。

「好啦，妳試試看。」

我跳上講臺揮動闇色長劍，只將珂絲特莉亞的影子斬斷。

那道影子隨即變形，轉變為一道魔法陣。這是用來發動「理滅劍（貝努茲多諾亞）」的術式。

假如沒有莎夏，一般便無法施展這個術式，不過我按照洗禮的規則，已經對那個術式注入所需的力量。

珂絲特莉亞將臉朝向魔法陣。在未睜開眼睛的狀態下，她真的看得見嗎？她伸出手指送出魔力。

「能斬斷影子，並將其轉變為魔法陣的劍——不對，這是擾亂秩序的魔法。」

珂絲特莉亞立即識破貝努茲多諾亞的特性，並進一步逼近它的深淵。

「在構築術式上利用了破壞神的權能。不對，這終究只是為了控制力量的封印。魔法的本質在更深、更底層的——」

就在她試圖更深入地窺看深淵時，「理滅劍」的魔法陣向她嶄露獠牙。

珂絲特莉亞開始被吞入影子魔法陣裡。

「……唔………………」

她的手臂前端化為影子，並逐漸擴散到手肘，甚至連肩膀也染成了黑色。

「……這、這傢伙……」

她越是掙扎，就越快被吞進魔法陣裡，終於連近半的身體都化為影子。

「如果妳認輸，我就幫妳解除。」

我悠然走到她面前如此提議。可是，珂絲特莉亞以一副無所謂的表情回答：

「誰會啊。」

她不但沒有試圖脫離魔法陣，反倒一鼓作氣地跳了進去。

她的全身被染成影子，而就在這一瞬間——

「……啊，原來如此。居然這～麼簡單。」

宛如影子反轉一般，珂絲特莉亞恢復成原本的模樣。

「我明白了。」

她得意揚揚地說，揚起一抹淺笑。

「要理解這個術式，就不能害怕被影子吞沒。要深深地沉入影子的深淵，才能在那裡看到那股力量——那個能破壞常理的毀滅力量。」

珂絲特莉亞伸出手接著說：

「我理解了喲。就像這樣，貝努茲多諾亞。」

她如此喊出這句話，一把影劍就顯現在她的腳邊。那把影劍緩緩浮起，將劍柄朝向珂絲特莉亞。

她拿起影劍輕輕一笑。

「瞧，我做到了。是你輸了。」

她浮上空中，把臉湊近我說：

「說吧，你最珍貴的事物。我現在就將它摧毀——咦？」

珂絲特莉亞的嘴角滲出血絲。她緩緩往下看，同時瞪大眼睛。

貝努茲多諾亞倒映在她的玻璃珠義眼上。闇色長劍已從她手中脫離，刺穿了她的胸口。

「……為……什……麼？我正確地……施展了術式…………沒有犯下任何失誤……」

「咯哈哈。妳終於明白了吧，珂絲特莉亞？明明沒有失誤，卻還是失誤了。這就是『理滅劍』。」

失去浮力的珂絲特莉亞向下墜落，用雙手與膝蓋撐住地面。我俯瞰趴在腳邊的她說：

「雖說正確地施展了，難道妳以為就能運用自如嗎？」

§8 【帕布羅赫塔拉的法律】

珂絲特莉亞睜大義眼不斷發出痛苦的喘息，同時凝視著刺入自己胸口的貝努茲多諾亞。

「依照契約，回答我吧。」

我對看也不看這裡一眼的她不以為意地問：

「災禍淵姬是什麼？」

珂絲特莉亞不甘心地咬著嘴唇。

然後，她喃喃地問：

「……為什麼……手下留情了……？」

珂絲特莉亞緩緩抬起頭，一臉怨恨地瞪著我。

「刺穿根源不就好了？刺穿啊。」

「我不知道妳為何變得自暴自棄，但是我對妳的性命毫無興趣。」

緊接著她露出嗜虐的笑容說：

「既然如此，那我就逼你收下這條命。我絕對不會如你所願。」

珂絲特莉亞緊握陽傘，對準方才簽署的「契約」魔法陣猛然一刺。

「我要廢除『契約』。」

魔法陣隨即出現裂痕，然後粉碎飛散。

「……呃…………………！」

她就像斷了線的人偶一樣從頭部倒下。跟魔法陣一樣，她的身體也出現裂痕，根源開始崩壞。由於違背了「契約」，其根源懲罰自己，即將終結自己的生命。

她用手撐著地板，用盡最後的力氣再度把臉朝向我。不祥的毀滅魔力從她的義眼溢出，連那個玻璃珠也出現了裂痕。

「我會毀滅，而你將無從知曉災禍淵姬的情報。」

就像報了一箭之仇般，珂絲特莉亞揚起微笑。

「是我贏——」

珂絲特莉亞的身體粉碎飛散。

真是個瘋狂的女人。她竟然不惜選擇毀滅，也想獲得這種廉價的勝利。

「『根源再生(aguronemuto)』。」

彷彿影像倒帶一般，粉碎飛散的她恢復原狀。

「………………咦……？」

珂絲特莉亞愣在那裡，就像不知道發生了什麼事。與她的根源綁定的「契約」魔法陣也恢復到廢除前的狀態。

「……為什麼…………？」

「妳難道以為只要廢除契約，就可以不必遵守了嗎？」

我在珂絲特莉亞的面前蹲了下來，向她溫柔地說：

「我給妳兩個選擇。看妳是要現在就告訴我，還是要等到屈服於我之後，舔著我的鞋子悽慘地向我坦白。」

就像受到屈辱一般，她的表情扭曲起來。既然簽訂了「契約」，她就無法逃離。就算毀滅，也會被我以「根源再生」復活，只是不斷地重複痛苦。即使這個女人再怎麼瘋狂，也不會做出如此毫無意義的事情來。

珂絲特莉亞咬緊牙關唾棄似的說：

「……伊威澤諾有一個『淵』，名叫『渴望災淵』……」

「然後呢？」

「『渴望災淵』會在幽暗且混濁的最底層，遙遠的淵底裡聚集渴望，誕生出災厄。在那個無比深邃的深淵裡，所有災禍都將融合為一體。」

珂絲特莉亞閉著眼睛繼續說明：

「那個被稱為毀滅災厄，從未有人見過其全貌。在『渴望災淵』裡形成漩渦的濃密災禍，會侵蝕並毀滅侵入者，至今從未有人能抵達深淵——從外部的話。」

她猶如在指出事實一般地說：

「那個唯一與深淵內側連結之人，就名為災禍淵姬。」

所以媽媽與那個「渴望災淵」連結在一起嗎？話雖如此，即使窺看媽媽的深淵，也並未感覺到任何魔力。假如是會被稱為毀滅災厄的存在，即使受到抑制，也應該能窺看其力量。

「具體來說是怎麼連結在一起？」

「經由子宮。」

她一臉厭惡地說：

「她的子宮內部能夠通往『渴望災淵』。正確來說是連結在一起。當她懷上孩子——懷上亞澤農的毀滅獅子時。」

所以現在才看不出來啊？

「即使轉生了也一樣嗎？」

米里狄亞世界以外的世界無法施展「轉生(shirika)」。在銀水聖海進行的轉生，應該幾乎等同於新生。

姑且不論兩千年前被稱為露娜的前世，媽媽現在就只是一個無法憑藉自己操控魔力的普通人。她在這一世生下我時，也看不出來跟什麼「渴望災淵」連結在一起。

話雖如此，假如在子宮內部誕生生命前就連結上，而後便消失的話，我就察覺不到了。

「災禍淵姬的渴望造成一切，與她現在是否為別人無關。她就是被這種幻獸所迷住。」

「幻獸是什麼？」

「『契約』只規定了有關災禍淵姬的事情。」

彷彿在說她成功對我還以顏色一樣，珂絲特莉亞裝模作樣地朝我擺出若無其事的表情。

「你們為何會盯上媽媽？」

「不告訴你。」

「契約」只規定她必須回答「災禍淵姬是什麼？」的詢問。有關為何盯上媽媽的理由，並不在契約的範圍之內。

「妳沒忘記理滅劍還刺在妳胸口上吧？」

我緩緩把手伸向劍柄。

「我奉勸你到此為止。」

身後傳來一道低沉的嗓音。

「我認為你還是住手比較明智，米里狄亞的元首阿諾斯。」

我停下手站起轉身後，就見眼前站著兩名男子。

其中一名是聖劍世界的伯爵巴爾扎隆德。他正是為了取回靈神人劍而前去米里狄亞世界的男子。

另一人則是穿著華麗服裝與白色鎧甲的男子。他披著一件帶有金色刺繡，質地優良的披風，肩膀上還有劍的紋章，顯然是狩獵義塾院的人。既然巴爾扎隆德站在一旁，代表此人的地位比他還要高吧。

「我是雷布拉哈爾德．海因利爾，乃統治聖劍世界海馮利亞的元首聖王。」

他與巴爾扎隆德一同悠然地往我們這邊走來。

聖王雷布拉哈爾德走上講臺，同時在我面前停下腳步。

「有關靈神人劍一事，給你添麻煩了。」

唔嗯，稍微有點意外呢。

「還以為在經過詳盡的調查之後，你們還是會繼續稱我們為小偷呢？」

「海馮利亞內部產生了各種誤會。這全是我這名聖王的責任，我不會求你們原諒，但我有責任向你們謝罪。」

他坦率地承認了自己的過失。

「好。所以？你方才說我住手比較明智是什麼意思？」

我瞥了一眼趴在地上的珂絲特莉亞。

「繼續那麼做會違反帕布羅赫塔拉的秩序。到途中為止還能說是授課的一環，你們兩位的『契約』也能當作在嬉鬧，不予以追究。可是，再更進一步的行為就無法忽視了。學院之間發生的紛爭要以銀水序列戰的結果解決，你應該也知道這件事。」

「即使他們盯上我母親的性命也一樣？」

「如果這件事發生在幻獸機關與魔王學院雙方加盟帕布羅赫塔拉之後，那麼確實是個問題。是我們學院同盟所有學院的問題。」

聖王泰然地說：

「很不巧，這件事發生在加盟前。」

「既然如此，由於雙方都已加盟帕布羅赫塔拉，之前的糾紛便不復存在。他們幻獸機關不會再盯上你的母親，你也無須再防備這件事，就此達成和解。你能理解嗎？」

如果真是這樣，我也會既往不咎。

「我曾聽聞海馮利亞長年以來與伊威澤諾一直處於敵對關係，由於幻獸機關已加盟帕布羅赫塔拉，所以你們達成和解了嗎？」

「當然，這是帕布羅赫塔拉的法律。法律即是正義，必須遵守才行——不論我們懷抱什麼樣的感情。」

這麼說是有道理。

「倘若你握住劍柄，奧特露露應該就會發出警告。祂應該會說，再有更進一步的行為，祂將根據條約進行懲罰。」

我看向奧特露露，祂便靜靜地開口說：

「阿諾斯元首，希望你能放棄戰意。一旦違反帕布羅赫塔拉的條約，奧特露露就必須按照相應的程序對米里狄亞世界施加懲罰。假如不服從，這次則會考慮以帕布羅赫塔拉的武力進行對應。」

「我現在看不順眼的只有伊威澤諾，不打算連同其他人一起擊潰。」

我消除刺在珂絲特莉亞身上的貝努茲多諾亞。

「已確認對象放棄戰意。」

奧特露露公事公辦地說，接著轉身面向聖王。

「雷布拉哈爾德元首，你今日應該沒有預定造訪深層講堂，請問有什麼事嗎？」

「發生了一個重大的問題，事關帕布羅赫塔拉的所有學院。」

聖王雷布拉哈爾德以平穩的語調說：

「我們聖上六學院之一，夢想世界福爾福拉爾滅亡了。」

所有人都不發一語。深層講堂籠罩一股令人不安的寂靜。

大概是事發突然，眾人還無法理解狀況。就連多納爾多、利普與貝爾馬斯等人都露出難以置信的表情啞口無言。

「確定嗎？」

奧特露露詢問。

「小心起見我還前往當地用這雙魔眼（眼睛）親眼確認了。即使如此，我也還是不願相信。」

聖王沒有顯得太過狼狽，輕描淡寫地說。

「請問是哪個勢力所為？」

「最大的問題在於我們不清楚是誰做的，目前只掌握到一個線索。」

雷布拉哈爾德對球型黑板送出魔力，上頭顯示出一個泡泡漫天飛舞、有如幻想般的世界景象。那大概就是夢想世界福爾福拉爾，能看到人們正在那裡平穩生活的光景。

忽然間，飄在空中的泡泡迸裂開來，無數飛舞的肥皂泡泡全都一一破裂。起初困惑地望著這種現象的人們逐漸開始察覺到異變。

所有泡泡都被漆黑火焰所吞噬，他們發出慘叫，人們正在燃燒。下一瞬間，整個世界都陷入了火海。

天空、大地與海洋，所有的一切都化為漆黑灰燼，然後那顆銀泡破裂消失。

「導致福爾福拉爾滅亡的，恰巧跟方才在洗禮中施展過的屬於同一個魔法──『極獄界滅灰燼魔砲』。」

§9 【六學院法庭會議】

聖王雷布拉哈爾德靜靜地抬起手，講臺的固定魔法陣便散發光芒。

那是轉移用的魔法陣。由於結界的作用，帕布羅赫塔拉宮殿內部有些地方能施展「轉移」，有些地方則不能。

這個第二深層講堂屬於無法施展的地方，而且也沒有通往其他階層的通道。如果要移動階層，就必須利用轉移的固定魔法陣。

「接下來將針對夢想世界福爾福拉爾滅亡一事，召開六學院法庭會議。阿諾斯元首，我想請你以證人的身分出庭，請問你同意嗎？」

聖王以溫和的語調問。在我回答之前，魔王學院的座位響起一陣「咯咯咯咯」的笑聲。

「海馮利亞的聖王，你這話還真有意思不是嗎？嗯？」

耶魯多梅朵以瞧不起人的表情看向聖王雷布拉哈爾德。

「哎呀哎呀，這倒也不難理解。才想說前些日子有個小世界跑來加盟帕布羅赫塔拉，結果竟是個由不適任者統治的泡沫世界。」

他邊用手杖發出「叩叩」的聲響敲著地板，邊開始嘮嘮叨叨地說：

「我們在銀水序列戰中擊敗深層世界的巴蘭迪亞斯，將他們的主神占為己有，是前所未聞的新成員。而就在這時，發生了聖上六學院之一的夢想世界福爾福拉爾遭到不明人士滅亡的事件。」

熾死王用手杖發出「咚」的一聲敲響地板，將其前端對準雷布拉哈爾德。

「而且毀滅他們的稀有魔法『極獄界滅灰燼魔砲』，恰巧那個新成員——米里狄亞世界的元首竟然會施展不是嗎？」

耶魯多梅朵咧嘴一笑。

「啊啊，這樣一來，即使被當成被告送上法庭，也沒辦法抗議呢。」

「雖然會這麼想無可厚非，我覺得你有所誤解了。他最多不過就是證人。我發誓會嚴格遵守帕布羅赫塔拉的法律，給予他證人的待遇。」

面對熾死王的諷刺，雷布拉哈爾德一本正經地回應。

「哎呀哎呀，看來我耳背的老毛病又犯了呢。不知怎麼地，居然又把證人聽成被告了，不好意思呢。」

「既然如此，我會注意講話要大聲一點。」

「不愧是聖王，竟然如此寬宏大量！那麼關於這個表面上的證人，請問他要作證些什麼事呢？」

聖王冷靜地回答熾死王話中帶刺的詢問：

「根據海馮利亞的調查，『極獄界滅灰燼魔砲』是第一魔王——毀滅暴君阿姆爾開發的深層大魔法。這個魔法鮮為人知，銀水聖海儘管很大，能夠施展這個魔法的人並不多。淺層世界出身的阿諾斯元首是在何時何地向誰學會這個魔法，只要弄清楚這點，就能成為找出讓福爾福拉爾滅亡主謀的線索。」

第一魔王是不可侵領海之一，不僅很少有人接觸過他，大概也無人知曉「極獄界滅灰燼魔砲」的詳細情報。至少想要收集情報是再自然也不過的想法。

「我會保障他的人身安全，請務必讓我們請教他的寶貴意見。」

聖王雷布拉哈爾德以堂堂正正的態度主張。

「既然稱為六學院法庭會議，那麼聖上六學院會出席嗎？」

「預定應該如此。」

他們掌握著帕布羅赫塔拉的實權，外加上米夏與莎夏母親的事情，先和他們見過一面不會有損失。

假如可以，我也想趁這個機會向魔彈世界艾蓮妮西亞的人打聽消息。好啦，不知他們願意回答嗎？

「帶我去吧。」

「不能對這種毀滅小世界的暴行坐視不管。讓我們攜手合作，一起找出主謀吧。」

聖王說。

奧特露露隨即對轉移的固定魔法陣注入魔力。

「通知第二深層講堂的學院生，暫時禁止外傳有關『極獄界滅灰燼魔砲』的魔法。在六學院法庭會議結束前，請各位在此等候。」

這本來是鮮為人知的魔法。避免讓情報傳到沒參與搜索主謀的人手上，對於找出主謀也會比較方便吧。

「阿諾斯。」

米夏從魔王學院的座位上朝我看來。

「小心。」

「別擔心。要是魔彈世界的人來了，我會試著向他們打聽消息。」

「還有，希望你能小心一點，千萬別把事情鬧大……」

莎夏叮嚀我。

「咯哈哈。」

我朝她笑道：

「你們才是不要偷懶，好好自習啊。在我回來之前，至少要學會一種深層魔法。假如辦不到，就得補習了。」

「咦？等等，在你回來之前，時間未免太……」

我的視野突然染成純白一片，進行了轉移。

接著來到一個六角形的房間，周圍有六組高雅的桌椅，總共擺放在六個位置上。

我位在六角形中心，房間裡到處都沒有門窗。這裡或許只能以轉移的固定魔法陣進出。

聖王雷布拉哈爾德與巴爾扎隆德伯爵坐在帶有劍形校徽的桌子前；其正對面，則是珂絲特莉亞坐在帶有骷髏校徽的桌子前。

我一看過去，她便一副漠不關心的表情別開臉。還以為她會挖苦幾句，然而她始終保持沉默。

「這裡是位於帕布羅赫塔拉宮殿下層的聖上大法庭。」

奧特露露公事公辦地進行說明。

「聖上六學院會在此處舉行六學院法庭會議，作出各式各樣影響帕布羅赫塔拉全體想法的決策。」

「出席的人好像不多呢？」

目前只有珂絲特莉亞——也就是災淵世界伊威澤諾的幻獸機關，以及雷布拉哈爾德、巴爾扎隆德兩名，還有聖劍世界海馮利亞的狩獵義塾院來到聖上大法庭。

就算福爾福拉爾的位置已淪為空位，其他三所學院的人也都沒有出現。

「不好意思，大家皆是忙碌之身，加上這次的召集有些倉促，請再稍等一會兒。」

「來了。」

轉移魔法陣才剛閃過一道光，便出現一名纏著頭巾，戴著護目鏡的老婆婆。她的雙手戴著厚重的手套，身上套著圍裙，制服上描繪著帶有鎚子的校徽。

「哎呀哎呀，還真是變得相當麻煩呢。」

老婆婆一就座，便將護目鏡推到額頭上，用魔眼（眼睛）看向我。

「你就是阿諾斯元首嗎？」

「沒錯。」

「到處都在流傳你們是一個前所未聞的泡沫世界，不過這是真的嗎？就連在帕布羅赫塔拉內，你也是從上面數來比較快吧？」

哦？我明明沒處於戰鬥狀態，還真是了不起的魔眼（眼睛）。不愧是聖上六學院的一員，看來水準確實不同凡響。

「我是蓓拉彌．斯坦達多，統治鍛冶世界巴迪魯亞的元首。說是雜貨工房的魔女，應該會比較有印象吧？」

「抱歉，這些稱呼我都是第一次聽聞。」

「哎呀，看來最近的年輕人已經不認識我了呢。也罷，我們未來還會相處很久，你就記一下吧。」

蓓拉彌深深地坐在椅子上，把腳翹到桌面上。

「那就快點開始吧。我弄到了很好的魔鋼，想趕緊將它鍛造成劍呢。啊啊，不對，該怎麼辦呢？長槍也讓人難以割捨啊。」

「非常抱歉，蓓拉彌小姐，這次是重要的議題，希望妳能等魔潛軍士官學校與人型學會到來。」

雷布拉哈爾德說。

「雷布拉哈爾德小弟，我之前就想說了，我都這把年紀了，別再把我當成小姑娘看待。這實在讓人太害臊了。」

「啊啊，由於先王這樣稱呼，我也習慣成自然了。」

「你父親還好吧？」

「最近好像學會釣魚了。他把銀水船改造成釣船，正在周遊淺層世界。」

蓓拉彌豪邁地發出「哈哈哈」的笑聲。

「人稱海馮利亞勇者的男人居然跑去釣魚嗎？想必是因為繼承人很優秀吧。」

「先王以往為了我們海馮利亞與帕布羅赫塔拉學院同盟盡心盡力。我會努力讓他過著無憂無慮的生活。」

雷布拉哈爾德謙遜地回答。

蓓拉彌再度笑了出來。

「當年只對狩獵感興趣的毛頭小子，如今都長得這麼出色，先王想必很安心吧？我也想早點引退呢。」

「雜貨工房不是有優秀的繼承人嗎？」

「你是指詩露可嗎？那傢伙還派不上用場啦。我在她那麼大的時候，可是打造了伊凡斯瑪那呢。」

亞傑希翁流傳那把劍由人類名匠所鍛造而成，沒想到本人居然還在世。的確，她的魔力就算說是人類也不為過，可是跟米里狄亞世界的人類有著些許差異。大概是具備了鍛冶世界特有的性質。

「比較對象若是年紀輕輕就被稱為名匠魔女的天才，工房的弟子們想必也很辛苦吧。」

「那傢伙一點幹勁也沒有，說什麼沒人能將自己打造的劍運用自如。這不是廢話嗎？在這片銀水聖海上僅有一人能夠使用。為了那名也許總有一天會出現的劍士打造一把劍，可是我們巴迪魯亞鐵火人的工作啊。就算是我鍛造的武器，也一樣有一堆沒人能用上手。」

大概是因為人員尚未到齊，蓓拉彌開始發起牢騷。

「結果那傢伙竟然說什麼，反正自己的劍沒人用得了。的確，詩露可打造的劍是上等貨，甚至能說是獨具一格。可是，那傢伙變得太自大了，還真是說來丟人啊。竟然由自己白白糟蹋了難得的才能。」

蓓拉彌嘆息般的說著，深深嘆了一口氣。

接著，又有一道固定魔法陣流通魔力，散發著光芒。一名戴著軍帽的男子新轉移過來，他穿著的孔雀綠制服上帶有火焰校徽。

我見過他。是之前那名前來要米夏與莎夏挑選禮物送給母親的男人。

「我是隸屬於魔彈世界艾蓮妮西亞魔潛軍士官學校，深淵總軍一號隊的隊長吉恩・安巴列德。我帶來了大提督基基・傑因茲的口信。」

吉恩以鏗鏘有力的語調說：

「關於本次的議題，魔彈世界艾蓮妮西亞將遵從其他聖上六學院的決定。以上。」

「真不像是他會說的話。」

聖王以試探的語氣說。

「是。」

吉恩保持立正姿勢，一本正經地回答。

「我會認為你們有比夢想世界滅亡還要優先的事情要做，這樣也無所謂嗎？」

「是，我無法奉告。」

吉恩以耿直的語調回答。

「大提督大人大概也在忙著某些事情。既然代理人已經來了，我們就趕快開始吧。」

蓓拉彌說。

聖王則搖了搖頭。

「還缺一人。人型學會尚未抵達。」

「我已經等不下去了啦。反正艾蓮妮西亞不會參加，不需要在意他。珂絲特莉亞，妳那邊又如何？平時不都是娜嘉來參加嗎？」

「今天只有我。」

大概是不太親近，她以冷淡的態度回答。

「那就好。只要我們先開始，魯澤多福特的殿下也會隨即趕來吧。」

雷布拉哈爾德輕輕嘆了口氣。他就像無可奈何似的開口說：

「我知道了，那就進入議題吧。一如之前所通知的，夢想世界福爾福拉爾滅亡了。我們確認到主神消滅，以及元首死亡。沒有生存者，主謀不明。已查明所使用的魔法是『極獄界滅灰燼魔砲』，現存的術者極為少數。因此，我邀請了米里狄亞世界的元首——阿諾斯．波魯迪戈烏多來到法庭會議。」

全員的視線集中在我身上。

「我提議在找出主謀的期間內，凍結魔王學院的正式加盟，將米里狄亞世界納入聖上六學院的支配之下。」

唔嗯，熾死王居然說對了嗎？

儘管對方並不一定懷有惡意，好啦，這個提議會順利通過嗎？總之先等待結論吧。

「奧特露露承認銀水學院序列第二位，狩獵義塾院所發起的提案。」

接受雷布拉哈爾德的發言，奧特露露如此述說：

「由於人型學會遲到，魔潛軍士官學校不參加，經過三學院全體一致通過後進行決議。贊成者請舉手。」

立刻有兩人舉手。而沒有舉手的人，是主動提案的聖王雷布拉哈爾德。

§10【協議】

「贊成兩票，反對一票，因此表決未能成立。對於雷布拉哈爾德元首的提案，各學院代表請進行協議。」

奧特露露以不帶情感的語氣說。

「唔嗯，我還以為你會贊成。」

聖王朝我投來視線。然而，開口回答的人不是他，而是奧特露露。

「阿諾斯元首，證人在法庭會議中沒有發言權。只有在被提問時，再請你進行回答。」

「哎呀，那還真是沒有地位呢。」

不過，既然出現贊成與否定兩派，再觀察一下他們將如何進行協議，也不是一件壞事。

「那我就代為詢問吧。明明是你自己提出的議案，反對是什麼意思？」

蓓拉彌粗魯地質問聖王雷布拉哈爾德。

「我的提案不過是依循往常的議程案例。」

他隨口回答，同時開始說明：

「儘管至今從未有過聖上六學院遭到滅亡的事情發生，相近的案例是四百年前有個同盟的中層世界遭到侵略。由於可能是主謀的元首就在帕布羅赫塔拉裡，當時曾提出將他們列為聖上六學院監視對象的議案。」

「那件事是那個吧？最後不是發現是那邊那位小姐搞的鬼嗎？」

蓓拉彌看向珂絲特莉亞。災淵世界伊威澤諾直到最近都與帕布羅赫塔拉處於敵對關係。

這種小規模衝突應該層出不窮吧。

「這次是規模更大的損害，聖上六學院之一滅亡了。根據銀水學院的法律規定，比監視更加嚴厲的處置，是在支配下進行澈底的內部調查。既然如此，我認為作為這次要提出的議案，這樣的內容相當妥當。」

「我對提案的內容沒有意見。既然你覺得妥當，那為什麼要反對？」

恭敬地聽取蓓拉彌的發言後，聖王雷布拉哈爾德開口說：

「對阿諾斯懷有個人怨恨的災淵世界小姐。」

聖王緩緩地看向珂絲特莉亞。

「一心只想要打造魔劍的鍛冶世界元首。」

接著，雷布拉哈爾德將視線轉向名匠魔女蓓拉彌。

「未進行充分協議就作出決議並不公平。在找出主謀的期間，將一個同盟世界置於我們的支配之下並無問題，而且搜索犯人的行動也會很順利吧——這種想法毫無正義可言。兩位，怠慢並不可取。」

珂絲特莉亞就像無視他一般別開頭，蓓拉彌則露出一臉不耐煩的表情。

「真是的，你何時變成這麼麻煩的男人啊？」

她語帶嘆息地說：

「我明白你的意思喔？可是，就算說要置於支配之下，也不是要接管的意思。你到頭來也是贊成的吧？」

「為了追求正確的結果，我認為必須經過充分的過程。至少必須讓置於支配之下的世界也能接受這件事。這就跟妳所打造的聖劍一樣，未經充分鍛造的劍，即使同樣鋒利，也是易折易斷。」

「好好好，我明白了，我投降。只要認真表決就好了吧？」

蓓拉彌將擱在桌上的腳放下來。

雷布拉哈爾德接著將視線投向伊威澤諾的座位。

「珂絲特莉亞，妳要恨他是妳自己的事情。可是，這裡是六學院法庭會議的議場。作為伊威澤諾的代表，我希望妳能不挾帶私情，提供客觀的見解，這點妳能理解嗎？」

「『極獄界滅灰燼魔砲』——」

珂絲特莉亞沒有回應詢問，反而開口詢問：

「你說現存的術者極為少數，其他還有多少人？」

「會說極為少數，是因為難以掌握術者的數量。假如能接受推測，大魔王應該是其中一人。其他的魔王中，也有幾位很可能會是術者。」

他沒提及亞澤農的毀滅獅子們，是因為不用說大家也知道嗎？就算其他聖上六學院也有人能夠施展，似乎也不足為奇。

「知道的就這些嗎？」

聖王把臉轉向奧特露露。

「儘管不清楚起源魔法『極獄界滅灰燼魔砲』利用了哪個小世界的魔法律，推測應該是深層世界。根據帕布羅赫塔拉的紀錄，第一個施展的是第一魔王——毀滅暴君阿姆爾，因此推測他是術式的開發者。魔王或接近魔王之人會施展的可能性很高，奧特露露認為總數不會超過十人。」

「下落不明的第一魔王的魔法啊？」

蓓拉彌若有所思地盤起雙手。

「說不定他其實回來了？」

「毀滅暴君嗎？」

對於雷布拉哈爾德的反問，蓓拉彌點了點頭。

「人稱最接近大魔王的他，我實在難以相信他會滅亡。如果是那位毀滅暴君，即使消滅了福爾福拉爾也不足為奇。」

「這樣會出現一個疑問。那就是他為何直到現在才突然盯上帕布羅赫塔拉？」

「要是考慮起這種事，事情會沒完沒了吧？總之我們不可能知道。問題不是即使可能性很低，但有沒有可能是他做的這一點嗎？」

雷布拉哈爾德雙手抱胸，視線落在桌面上。緊接著，珂絲特莉亞冷冷地說：

「要是這樣的話，那這個人自稱是暴虐魔王也不太可能是偶然。」

這傢伙的想法還真好懂呢。明顯想經由提案，使得米里狄亞世界置於聖上六學院的支配之下。

她想在那之後做些什麼嗎？

「妳好像沒有任何證據呢。」

「閉嘴。」

我照她說的閉嘴擺出笑容後，她就像不耐煩似的咂嘴一聲。

「珂絲特莉亞，妳一點也不懂呢。就假設阿諾斯是毀滅暴君，或是他的部下好了。他會特意用這麼可疑的別名自稱嗎？」

蓓拉彌這麼說完，珂絲特莉亞便立刻反駁：

「如果他是故意要讓我們這麼想的呢？」

「不論如何，都會出現像妳一樣懷疑的人，所以會是反效果啊。因為只要他老實待著，就根本不會被叫到這裡來。就連『極獄界滅灰燼魔砲』也是，只有傻瓜才會在這種時候特意施展出來。」

「那妳的結論是什麼？」

「我還沒有任何結論喔。」

「至少帕布羅赫塔拉現在無法不去關注阿諾斯了。」

突然間，蓓拉彌沉默不語。

「唉，妳說得沒錯吧。」

唔嗯，還真是一個擅長挑毛病的女人。還是說，她真的這麼認為呢？

「儘管他自稱魔王、是泡沫世界的居民，卻能夠渡過銀海，是一個不適任者，而且還將主神變成自己的所有物。這個人的所有一切，都違反了我們世界的常識。」

「這我雖然略有耳聞，一時之間還是難以置信呢。難道不是調查有誤嗎？」

蓓拉彌詢問奧特露露。

「不。」

她一口否定，並且開始說明：

「奧特露露已確認過了。珂絲特莉亞的發言是基於事實。阿諾斯元首所統治的米里狄亞世界正走向帕布羅赫塔拉的任何小世界都不同的進化過程。」
珂絲特莉亞立刻又接著說：
「那個人從巴蘭迪亞斯奪走王虎梅帝倫，擁有大量火露的巴蘭迪亞斯因此失去主神淪為泡沫世界。他說不定想用這種方式從內部摧毀帕布羅赫塔拉。」
「妳這個災淵世界的人還真好意思說耶。直到最近都還在跟海馮利亞打得不可開交的是哪裡的誰啊？」
蓓拉彌傻眼地說。雖然她態度從容，眼神卻很銳利，狠狠瞪向珂絲特莉亞。
「你們該不會企圖利用米里狄亞世界當作掩飾吧？」
「是你們要我別挾帶私情，我才這麼說的。反正我怎樣都無所謂。」
珂絲特莉亞一臉不在乎地撇開頭，用手撐著臉頰。
「你們全都滅亡吧，笨——蛋。」
「哎呀，還真是沒教養呢。你們終究是野獸吧。」
蓓拉彌靜靜地亮起目光。
「就是這種態度，才讓人無法信任啦。」
他們原本是不同世界的居民，很少會有利害一致的時候。更何況伊威澤諾才剛加盟不久，即使說今後就是同伴，眾人大概也無法輕易接受。
聖上六學院之一都已遭到滅亡，序列第一位的魔彈世界艾蓮妮西亞的元首卻未露面，僅命令使者到場靜觀其變。而且剩餘的一所學院竟然還遲到，這種狀況怎麼樣都難以說是一個正常的同盟。

「我認為她說的也有其道理，值得考慮。」

像是要打破一觸即發的氣氛，聖王雷布拉哈爾德說。

「我真搞不懂你在想什麼耶。你難道覺得珂絲特莉亞的話可以信嗎？」

蓓拉彌抱怨地說，雙手疊在頭後。

「如果有擔憂，就應該優先排除。奧特露露，我要詢問證人。」

「了解。根據帕布羅赫塔拉學院條約第七條，證人與被告在法庭會議上須宣誓會據實陳述，倘若做偽證，將放棄自身的一切，不過你有保持沉默的權利。」

裁定神奧特露露不帶情感地說，同時畫出魔法陣。

「『裁定契約（jizetto）』。」

祂一如往常地將發條刺入其中，並且轉動發條。

「那麼就逐一確認吧。我可以認為你與米里狄亞世界，並沒有要危害帕布羅赫塔拉的意圖嗎？」

我毫不遲疑地在「裁定契約」上簽字，同時回答：

「還不確定。」

聖王的眼神變得略微銳利。

「這是什麼意思，我願聽其詳。」

「沒什麼意思，因為我才剛來到這裡不久。雖然見識到了不講理的情況，帕布羅赫塔拉的理念是銀海的平靜。假如這句話並非謊言，我願意與你們攜手合作。不過——」

我笑了笑，朝著他們說：

「手法也許會有些粗暴。」

聖王不發一語地注視著我。隨後，他如此提出詢問：

「那麼作為志同道合的同伴，能告訴我你加盟帕布羅赫塔拉的目的嗎？」

我用拇指輕輕指了指珂絲特莉亞，並且回答：

「我的母親被這傢伙盯上，我追著她來到這裡。為求自我防衛，加盟是最快的方法。」

「你在哪個世界、多少年前，向誰學習或受誰教導『極獄界滅灰燼魔砲』的？」

「大約在兩千年前——」

話語剛落，我的魔眼（視野）邊緣突然閃過一道火光。

這是來自艾庫艾斯窯的反應吧。媽媽正面臨危機。

「兩千年前……發生了什麼事嗎？還是有什麼不能透露的理由？」

「抱歉，魔王學院的學生好像遇到了一點麻煩。我會立刻處理好。」

我為了啟動轉移的固定魔法陣而送出魔力，可是毫無反應。

「阿諾斯元首，法庭會議不允許中途退出。倘若強行退出，依照帕布羅赫塔拉的法律，會徵收一成的小世界火露作為違反的懲罰。」

「唔嗯，我發現一條看不順眼的法律了。」

我一邊說一邊看向珂絲特莉亞。她依舊閉著眼，一副若無其事的表情把臉瞥向一旁。

假如有人襲擊媽媽，我唯一能想到的嫌犯就是伊威澤諾。他們難道一直在等待這個讓我無法自由行動的時機嗎？

「儘管很抱歉，法庭會議在帕布羅赫塔拉是要優先處理的事項。相對地，我們會協力儘快結束這場會議。只要你老實回答問題，事情就能早點結束，你能理解嗎？」

「是我在我們米里狄亞世界開發的。大約在兩千年前。」

一瞬間露出難以理解的表情後，雷布拉哈爾德雙手抱胸，蓓拉彌也蹙起眉頭。

兩人的反應都像在說這個回答出乎他們的意料。

與此同時，我沿著與伊杰司連結的魔法線，將我的魔眼（視野）朝向他的視野——

§ 11 【襲擊者】

帕布羅赫塔拉宮殿庭園——

由於麵包已銷售一空，排隊的人潮已經散去，周圍不見學生們的身影。能看到爸媽正在為下午做準備。

『伊杰司，快警戒。有什麼要來了。』

在我發出「意念通訊（Leaksu）」的同時，伊杰司已拿起紅血魔槍迪西多亞提姆。

「師母，請留在原地不要動！」

伊杰司的呼喊使得媽媽轉過頭來。

而更快於這一切的是——

『「『斬咒狂言』！」』

一道令人毛骨悚然的聲音響起，媽媽身上浮現咒言之刃。然而，她並未受傷。伊杰司刺出的魔槍長槍尖已經消失了。

「紅血魔槍，祕奧之一——」

「斬咒狂言」上開了一個洞，那道聲音開始被吸入其中。

「『次元衝』。」

成功擋下第一擊後，伊杰司壓低重心，以他的獨眼找尋襲擊媽媽之人的位置，可是這座庭園裡感受不到任何魔力。

「是深層世界的魔法嗎？竟然能瞞過余的魔眼（眼睛），真了不起。不過——」

冥王揮動紅血魔槍。在一無所有的空間上，出現了一道紅色槍閃。

「完全隱藏不住氣息啊！」

伊杰司以祕奧之二「次元閃」斬向他所察覺到的氣息。這一擊儘管解除了魔法，對方卻勉強避開了魔槍的直擊。一個穿戴鎧甲與頭盔，手持長劍的人偶現出身影。伊杰司方才斬斷的是「變化自在」的魔法。雖說被察覺到了，對方是以「思念並行附身」來隱藏氣息嗎？

假如是這樣——

『人偶不只一個。』

「了解！」

伊杰司往後跳開，像是要保護媽媽一樣站在學生餐廳前面。就在迪西多亞提姆的長槍尖消失的瞬間，大量鮮血從伊杰司身上湧出。

「紅血魔槍，祕奧之四──『血界門』。」

宛如要保護學生餐廳一樣，四道巨大的門出現在東南西北四個方向上。

「唔！」

冥王刺向眼前的鎧甲人偶。倘若是米里狄亞世界的魔法人偶，大概一擊就能刺穿，這個人偶卻擋開了三次刺擊。

「以人偶來說還挺行的。」

第四次刺擊，穿越時空從後方刺出的長槍尖貫穿了人偶的頭部。緊接著，伊杰司往一旁跳開。

他的手臂被看不見的刀刃割開，鮮血滴落。果不其然，另有其他以「變化自在」透明化的鎧甲人偶。有粉塵世界的「變化自在」與思念世界的「思念並行附身」，這場襲擊有多個世界牽涉其中嗎？

還是說，對方只是想讓我這麼認為，才會使用我不久前看過的魔法呢？

米夏與雷伊他們目前都在第二深層講堂。既然被告知要在那裡等待，假如硬闖出去，會因此加劇我們的嫌疑吧。

而我要是離開法庭會議，也會讓情況變得更加麻煩。儘管希望伊杰司能撐過這次襲擊，敵方的人數與力量都還是未知數。假如情況危急，我也只能介入了。

「『血霧雨（gozzote）』。」

當伊杰司甩動被割開的手臂後，庭園裡就下起血霧雨。透明的鎧甲人偶漸漸附上血液，顯現出其輪廓。

總共有十六具。這應該是對方並行思考的極限吧。又或者另有伏兵也說不定。

「『次元閃』。」

鎧甲人偶們擋開這道紅色槍閃。明明是沒放入根源的魔法人偶，卻相當強大。

「妳也來幫忙吧。」

伊杰司一面與鎧甲人偶交戰一面奔馳而出，伸手抓起了「血界門」內側的小老虎畫作。

「呣！」

冥王猛然將抓住的小老虎拋了出去。

『……竟然這樣對待妾身，可恨啊啊啊……！』

小老虎梅帝倫一面喊叫，一面揮出「破城銀爪」。

無法迴避。因果受到支配，強制鎧甲人偶們得到被撕裂的結果。在這瞬間，伊杰司就像要給予最後一擊般，以「次元衝」刺出一個洞，將十六具鎧甲人偶統統送往時空的另一端。

緊接著，這次是伊杰司的身體被一道巨大的陰影覆蓋。他迅速抬頭一看，一個巨大的思念大鐵鎚正被高高舉起。思念世界萊尼埃里翁的深層大魔法「剛霸魔念粉碎大鐵鎚」開始粉碎巨大的血門。

隨著一道「砰隆隆隆隆隆隆隆隆！」的破碎聲響起，四道「血界門」粉碎飛散。這一招儘管能對魔力與魔法發揮強大的威力，另一方面對其他事物則沒有造成多大的損傷。

在艾庫艾斯窯噴出的火焰守護下，媽媽毫髮無傷。就在這時，一顆墨綠色的魔彈飛來。

「休想得逞。」

伊杰司擋在前方，並用梅帝倫的畫作擋下了這顆魔彈。

『嗨嘎嘎嘎嘎嘎嘎嘎嘎嘎嘎嘎嘎嘎嘎嘎嘎嘎嘎嘎！』

就像代為承受畫作的傷害，小老虎發出慘叫。魔彈被壓扁到極限，然後猛烈地往反方向彈開。

那是珂絲特莉亞的「災淵黑獄反撥魔彈」。

『「『祈希誓句聖言稱名』。」』

不知從何傳來的聖句響起，與此同時魔彈的大小突然膨脹一倍。這次反射所提升的威力比在深層講堂時更加強大，是方才的「祈希誓句聖言稱名」增強了掌管反射與魔彈之神的力量。而且反彈回來的「災淵黑獄反撥魔彈」還在空無一物的空間突然停止，開始遭到壓扁。

那裡恐怕有一道以「變化自在」遭到隱藏的結界。倘若再次反射，那顆魔彈的威力將會提升到非比尋常的程度吧。「剛霸魔念粉碎大鐵鎚」像是被緩緩高舉起來一般，再度出現在頭上。

這是魔彈與大鐵鎚引發的同時攻擊。伊杰司當機立斷，將手中的畫框投向「剛霸魔念粉碎大鐵鎚」。

「快拿出畫樓！」

一棟建築物從畫框裡冒了出來。這是擁有築城秩序的梅帝倫以其力建造的畫樓。

「嗬！」

伊杰司將迪西多亞提姆的長槍尖傳送到畫樓上，支撐住它。伴隨著「咚、嘎嘎嘎嘎嘎！」的聲響，大鐵鎚逐一摧毀著畫樓的外牆，將其粉碎。

然而，最後總算停住了。在此期間，反射回來的「災淵黑獄反撥魔彈」已巨大膨脹，並以迅雷不及掩耳的速度穿過伊杰司身旁。

迪西多亞提姆的長槍尖突然消失。緊接著，伊杰司身上湧出大量鮮血。

「紅血魔槍，祕奧之四——」

魔彈前往的方向上突然出現一道門。

「『血界門』。」

會在擋住後反射的「災淵黑獄反撥魔彈」與會將目標送往時空另一端的「血界門」非常不搭調。畢竟只要不會撞上，自然就無從反射。呼嘯而去的魔彈穿過了「血界門」。

伊杰司瞬間瞪大魔眼（眼睛）。魔彈並未被傳送走，「災淵黑獄反撥魔彈」直接穿過了「血界門」，逼近到媽媽的眼前。

「嘖……！」

伊杰司的身影忽然消失，並且在下一瞬間擋住了「災淵黑獄反撥魔彈」。

由於無法以「轉移」傳送到被擾亂的魔力場中，他將紅血魔槍刺入自己的胸口，連同長槍尖將自己的身體朝「災淵黑獄反撥魔彈」的方向飛馳而去。

「呣……呣啊啊啊……！」

在「災淵黑獄反撥魔彈」的推擠下，伊杰司全身不斷受到重創。他將溢出的鮮血化為魔力，集中反魔法。

緊接著——

「呃……這是…………？」

「災淵黑獄反撥魔彈」裡飛出一把影劍刺穿了伊杰司的腹部。

是理滅劍貝努茲多諾亞。由於它毀滅了「血界門」的常理，魔彈才會直接穿過那道門。

「伊杰司……！」

學生餐廳傳來爸爸的呼喊。

他手上正握著萬雷劍。

「別管余，快趁現在——咕、唔……！」

冥王口中湧出鮮血。理滅劍在伊杰司的腹部上刺得更深了。

就在它眼看要貫穿身體、襲向媽媽的時候，「災淵黑獄反撥魔彈」開始發出令人不安的嗚響。

「團長（伊希斯）！快將師母……！」

「喔、喔！伊莎貝拉！」

「災淵黑獄反撥魔彈」瞬間炸開，在庭院裡掀起一陣劇烈爆炸。

在這陣爆炸的推動下，理滅劍貫穿伊杰司的腹部。

正當冥王為了追上理滅劍，要以紅血魔槍的力量傳送的瞬間——他的獨眼目睹到貝努茲多諾亞染上鮮血的一幕。

紅色的水珠伴隨著「滴答、滴答」的聲響在地面留下斑斑血跡。

「——真是奇妙的魔劍，不對，是魔法嗎？」

一道男性的聲音響起。

既不是爸爸的，也不是伊杰司的，而是一道從未聽過的聲音。

「帕布羅赫塔拉何時變得這麼危險了啊？」

那裡站著一名青年。

他留著白色挑染的齊瀏海短髮，制服上帶有人偶校徽。儘管他讓右手被影劍貫穿，卻也同時牢牢抓住劍刃，將其壓制住。

下個瞬間，青年的掌心才剛迅速伸出參雜著金粉的紅線，那條紅線就開始將理滅劍層層纏住。

不知是怎麼樣的力量，本來仍在掙扎的那把魔劍突然安分下來。

「我從未見過這種魔法。雖然不知道你是誰，你不應該在帕布羅赫塔拉鬧事。倘若再不收手，就是與我的世界為敵。」

青年強硬地說。

影劍就像魔力斷絕似的瞬間消滅，紅線掉落在地面上。青年伸出手掌，那條線便再度回

到他的體內。

數秒的寂靜覆蓋了整個場面。

爸爸依舊手持萬雷劍護著媽媽，一動也不動。伊杰司則警戒著突然出現的青年與周遭環境，以魔眼（獨眼）凝視。

「看樣子他已經逃走了。」

媽媽抬起頭，緩緩站了起來。然後，她似乎終於回過神來一樣，走向那名留著齊瀏海短髮的青年。

「請、請問……」

青年轉向媽媽。

「妳沒受傷吧？」

「是的，謝謝你救了我。」

青年像個孩子一般笑了。

「那真是太好了。」

「啊，可是，你受傷了……小艾艾，幫我治好他。」

媽媽向正在守護自己，化為焰體的艾庫艾斯說。

『我才不要！』

「拜託了。」

媽媽跑到青年身旁，輕輕抬起他的手。

耳邊傳來「嘰、嘰嘰」作響的耳鳴。媽媽與青年彷彿在共鳴一般，互相散發魔力。

他立刻抽回了手。

「啊……那個……」

媽媽沒有魔眼，看不見剛才的共鳴。她應該以為自己被他甩開了手吧。

「……呃，這個……抱歉……」

他在這麼說的同時，始終凝視著媽媽的臉。

「妳不必擔心，我的身體很健壯。」

他這麼說著，隨即轉身離開。

「等等。請問你叫做什麼名字……？」

「有機會再說吧，我有點趕時間。再會了。」

這名留著齊瀏海短髮的青年颯爽地離開了現場。

§ 12 【全體一致】

帕布羅赫塔拉宮殿，聖上大法庭——

我輕輕鬆開握緊的拳頭，鬆了口氣。

應該暫且平安落幕了。

假如不是那位留著齊瀏海短髮的男子碰巧經過，必須大鬧一場也說不定。

能不用退出法庭會議就解決問題，運氣真是不錯。

可是，襲擊者究竟是誰？

聖句世界的深層大魔法「祈希誓句聖言稱名」、思念世界的深層大魔法「剛霸魔念粉碎大鐵鎚」、粉塵世界的「變化自在」，以及災淵世界的「災淵黑獄反撥魔彈」。

最後則是「理滅劍」啊……

縱使不覺得有我以外的人能使用它，就像「極獄界滅灰燼魔砲」那樣，也能認為它是一種深層世界的魔法。

亞澤農的毀滅獅子。

既然我能使用，他們就算擁有與我相似的能力也不足為奇。

只不過，還無法確定那是完全的理滅劍。貝努茲多諾亞必須握住劍柄，才能發揮出真正的力量。

儘管如此，襲擊者並沒有這麼做。

這是為什麼？因為那根本是不完全的魔法，一旦握住劍柄就無法發揮力量嗎？還是因為不想暴露自己的身分呢？

我看向珂絲特莉亞。

她始終閉著眼睛，一臉不在乎地把臉別開。

「是妳指使的嗎？」

「泡沫世界的居民，沒有許可請不要和我說話。」

目前為止，應該是這傢伙的嫌疑最重吧。

「阿諾斯，我想稍微請教你一下。」

蓓拉彌說：

「你開發出『極獄界滅灰燼魔砲』的時候，也就是兩千年前，米里狄亞世界就已經有辦法來到外側了嗎？」

「不。」

聽到我的回答，蓓拉彌露出一臉疑惑的表情。

「真是看不透呢。既然你不知道深層世界的魔法律，究竟是怎麼開發出這個魔法的？」

「應該是因為轉生吧。從深層世界轉生到米里狄亞世界了。我的根源還隱約記得有關那個魔法的記憶，妳覺得這個假說如何？」

「這倒是個有趣的假說。不過，這是不可能的。」

蓓拉彌輕輕擺了擺手否定這個假說。

「只要重生就是別人了。也許是因為你能看見火露，才有這種誤解也說不定。不僅記憶完全不會繼承，人格也不同。就算說起源相同，也不會視為同一個人。」

「既然如此，那我為什麼能開發出『極獄界滅灰燼魔砲』？」

「天曉得。認為是你自己消除了記憶，還比較合理呢。這樣一來，你就不用說謊了。」

她對轉生的概念似乎也和奧特露露一樣。

要說的話，由於多少能理解我的意思，隆克魯斯更像是一個例外吧。畢竟他不僅是二律僭主的管家，還能施展「融合轉生(radopirika)」。

「是這樣嗎？要說剛來到這裡的他為了防備法庭會議而事先消除了自己的記憶，這種判斷說不定有些言之過早。」

雷布拉哈爾德說。

「那我想請教一下深思熟慮的雷布拉哈爾德小弟，對這件事有何看法。」

「我想問別的問題。在之前的銀水序列戰中，你為何奪走了巴蘭迪亞斯的主神，能告訴我原因嗎？」

還真是兜圈子的詢問。

「梅帝倫將我的部下法里斯．諾因的靈魂囚禁在牢籠裡，使得他無法翱翔天際，因此我將祂連同那醜陋的野心一起粉碎了。只不過是因為巴蘭迪亞斯的人民作好了戰鬥的決心，我便順便幫了他們一把。」

「所以你主張，巴蘭迪亞斯的居民們是自願成為泡沫世界的嗎？」

雷布拉哈爾德向我確認。

「你們全都搞錯了，即使沒有主神，也依舊能夠維持秩序的平衡。實際上米里狄亞世界就是這樣。」

「即使是在帕布羅赫塔拉的悠久歷史中，也不曾有過這樣的小世界。米里狄亞世界看起來是存在數億年歲月的銀泡，不過深層世界的平均歷史是你們的數倍，甚至也有歷史比這還要悠久的世界。」

雷布拉哈爾德以說服一般的語氣向我說明。

「所以你想說，假如沒有主神，世界就無法長久維持下去嗎？」

「實際上在這片銀水聖海上，並沒有和米里狄亞世界走向相同進化的銀泡。我認為走向錯誤的進化道路，它們因此而遭到淘汰才是事實。米里狄亞世界恐怕是發生了某種返祖現象。換句話說，阿諾斯元首，你好意對巴蘭迪亞斯做出的行為，可以說只不過是在加速世界的滅亡。」

「又或者是出現了新的進化可能。」

「我認為這種可能性並沒有必要。因為擁有主神的世界就已經完成了，無須擔心秩序會失去平衡。」

聖王如此斷言。

「以巴蘭迪亞斯來說，那個主神就是病灶。不管怎麼保持秩序的平衡，為了秩序犧牲人民的世界，算什麼完成？更重要的是，這樣一來那些沒有主神的泡沫世界將會無法得救。」

「那些正是注定要消失的海上泡沫。正因為從未誕生，才會是泡沫世界。」

「如果帕布羅赫塔拉真的擁有悠久的歷史，那也差不多應該要注意到這是一個錯誤了。泡沫世界只不過是你們力有未逮，所以才這樣命名。其實有辦法維持秩序的平衡，讓他們的火露留在他們世界裡。」

聖王緩緩搖了搖頭。

「我還是認為那樣並沒有必要。火露穿越世界是合乎秩序的現象，能在更穩定的地方誕生對那些生命來說是一種僥倖。」

「即使重生，也不會是另一個人。」

我這麼說完，聖王就像想不透似的陷入沉默。

「……對話怎麼樣都沒有交集。你方才的主張也是，這是你們世界的宗教嗎？」

「是這片銀海的真理。」

雷布拉哈爾德瞬間將魔眼（眼睛）瞥向「裁定契約」的魔法陣。

魔法陣正常地運作著。也就是說，我並沒有說謊。

「在我們的世界裡，有一種限定魔法叫做『轉生』。倘若是優秀的術者，就能毫無風險地將記憶與力量繼承到來世。這便是米里狄亞世界的轉生。」

雷布拉哈爾德默默傾聽我的發言。

「即使不施展『轉生』，這點也不會改變。即使失去記憶與力量，根源也會輪迴，然後再度誕生。微弱的意念確實會殘留下來。」

正因為是轉生的秩序最為強大的米里狄亞世界，才能察覺這一點。既然米里狄亞是泡沫世界，那麼就算微弱，這個秩序也會遍布第一層以下的所有世界。因為按照銀海的常理，秩序會由淺層流向深層。

「即使毀滅，只要火露存在，應該就不會改變。我們會改變姿態、改變形體，不斷地轉生下去。既然如此，要是奪走了火露，會發生什麼事？」

我直視聖王雷布拉哈爾德說：

「不論是哪個世界，生命都是殘酷的。朋友、兄弟、家族、臣子，或是主君。人們會因為各種理由，面臨無法避免的離別。他們大概希望能在來世重逢吧。即使沒有記憶，即使沒有自覺，意念總有一天能相通也說不定。」

「所以，你才會在帕布羅赫塔拉散布這份號外吧？」

雷布拉哈爾德向我展示魔王報紙的號外，上頭寫著關於法里斯轉生的報導。

「巴蘭迪亞斯的兩塊看板，銀城創手法里斯．諾因原本是米里狄亞的居民，同時也是你的部下。而且他還保有那段記憶。」

「這即是轉生的證明。」

「關於法里斯．諾因，我稍後會進行查證。既然你沒有說謊，有關『轉生』可以說沒有任何懷疑的餘地。米里狄亞世界說不定是以這種秩序運作的。」

雷布拉哈爾德以此作為前言。

「然而，這終究只是有關米里狄亞世界與『轉生』的證明。我們還無法斷言，這片銀海的所有根源都保有某種不變的性質進行輪迴。我不認為泡沫世界的米里狄亞，其秩序的影響會如此強大。」

的確，我目前只知道米里狄亞世界居民的情況，難以證明失去記憶的其他世界的人確實已經轉生了。畢竟確認的方法，是依靠意念這種曖昧不清的事物。

「所以在證實之前，就要持續奪取火露嗎？這樣等到確信的時候，就已經太遲了。」

「我也能理解你的正義。然而，光憑這些理由就要改變擁有悠久歷史的小世界存在方式，我認為是輕率之舉。」

聖王縱使語調柔和，仍舊帶著堅定不移的意志說：

「不經由主神讓秩序取得平衡，以這片銀水聖海的秩序來說，是極其不自然的現象。泡沫世界注定要化為泡沫消失。堵住火露破洞的米里狄亞也無法保證沒有出現其他的破洞。」

「破洞只要堵上就好。」

「不一定能堵住。」

雖然我也明白他在擔心什麼。

「假如你這麼固執，我也會懷疑你別有居心。世界並不需要主神。即使是泡沫世界，也能取得秩序的平衡——其實你也明白這些主張是一派胡言，目的也許是要讓深層世界淪為泡沫世界。」

「為了從內部瓦解帕布羅赫塔拉嗎？」

聖王不肯定也不否定，就只是說：

「儘管你受到『裁定契約』制約不能說謊，這類的魔法只要你不覺得自己在說謊就好。雖然我並不是要贊同蓓拉彌小姐的意見消除記憶，或是儘管罕見，偶爾也有人能以暗示之類的力量繞過制約。你剛來到銀水聖海就立刻遇到轉生後的法里斯．諾因，這件事只能說太過巧合了。」

聖王隔著環抱的雙手注視我的心靈深淵。

「想偽裝成轉生存在也說不定。」

從他的立場來看，會對此懷有疑慮很理所當然。一名新進成員突然帶來一個前所未有的概念，假如他會輕易相信，就沒資格統治一個世界了。

「話雖如此，我也沒有任何決定性的證據。在我看來，阿諾斯元首僅僅是在遵循自己的正義。」

「哦？你為什麼會這麼認為？」

「我並沒有具體的根據。非要說的話，那就是你的眼神。你有一雙相信正義，而且率直真摯的眼神。我對此並不討厭。」

雷布拉哈爾德以一雙清澈無瑕的眼睛注視著我。米夏要是在場，或許會說他才是那個率直真摯的人。

「可是，世界很廣大，無法單憑直覺來決定，遵循法律是我的正義。你在這片銀水聖海中是不適任者，而米里狄亞是沒有主神的泡沫世界。根據帕布羅赫塔拉的法律，值得相信的要素實在太少了。」

聖王雷布拉哈爾德毅然地宣告：

「無法排除你是毀滅福爾福拉爾的主謀，或是其共犯關係的可能性，這就是聖劍世界海馮利亞的見解。」

蓓拉彌露出一副「終於啊」的表情，珂絲特莉亞則微微露出笑容。

「——海馮利亞的聖王還是一樣死腦筋呢。」

轉移的固定魔法陣發動，一名人類男子新出現在座位上。他正是方才拯救了媽媽，那名留著齊瀏海短髮的青年。

或許是已經將至今為止的協議內容傳達給他，只見他開口說：

「根源會循環，生命會輪迴，不論是誰都會獲得重生。這是一件好事。我很喜歡這種想法喔。」

雷布拉哈爾德瞥了青年一眼。

「請報上名來，柏靈頓皇子。他還不認識你。」

「恕我失禮了。初次見面您好。」

柏靈頓朝我轉過身來。

「我是傀儡世界魯澤多福特的皇子，名叫柏靈頓．安內薩。雖然被稱為人型學會的人偶皇子，姑且算是魯澤多福特的元首。」

皇子是元首啊？還真是罕見呢。

「我是米里狄亞世界的元首，阿諾斯．波魯迪戈烏多。」

「請多指教。」

「所以說，柏靈頓小子。」

蓓拉彌說：

「你握有什麼根據，能證明阿諾斯所說的轉生確實存在嗎？」

於是柏靈頓回答：

「是愛吧。」

「啥？」

留著齊瀏海短髮的青年以閃閃發光且異常純真的眼神說：

「我說是愛。愛告訴我——轉生存在。」

蓓拉彌一臉認真地回看柏靈頓。

「……你的腦袋該不會有兩三根螺絲鬆了吧？去讓人檢查一下比較好吧？」

「魔女大人才是，難道連腦袋都老化了嗎？」

「你說什麼！」

蓓拉彌氣憤地站起身。

「只是一點小玩笑。」

「你的玩笑一點也不好笑。」

蓓拉彌嘆了口氣，沉沉地坐在椅子上。

「所以呢？」

「我有根據，但我沒辦法說。希望妳能相信我。」

蓓拉彌再度「唉」的一聲嘆了口氣。她就像否定似的擺了擺手，同時說：

「沒辦法說，卻要我相信你？哪有這麼好的事啊？」

「我會將魯澤多福特的礦山讓給妳。」

蓓拉彌突然停下動作。

「兩座怎麼樣？」

「別說蠢話了，哪能因為這樣就改變神聖的決議啊？給我四座。」

柏靈頓滿意地笑了笑。

「這筆交易不錯。」

「給我等等。」

珂絲特莉亞冷冷地說：

「這算什麼，賄賂嗎？六學院法庭會議不是神聖且嚴肅的場合嗎？」

「還真是囉嗦的小丫頭。根本就沒有阿諾斯是主謀的證據。我只是嫌麻煩，所以才會說暫時將他們置於聖上六學院的支配下就好。」

珂絲特莉亞不滿地瞪著蓓拉彌。

然而，她滿不在乎地說：

「有疑無罪，這樣不是挺好的嗎？」

「這跟妳方才說的完全不同。」

「協議不就是要讓人改變意見嗎？只活了千年的年輕人不會懂吧？啊啊，對了，雷布拉哈爾德小弟。」

蓓拉彌完全無視珂絲特莉亞，轉而向聖王說：

「你所在意的另一件事，是二律僭主的動向吧？正好就在阿諾斯來到這裡的時候，幽玄樹海消滅了。你多半在懷疑他們兩人是否聯手了對吧？」

「可能是，也可能不是。」

雷布拉哈爾德回答。

「根據我的人手調查，阿諾斯並未與二律僭主有過任何接觸。至少，在幽玄樹海消滅之前沒有。而在那之後，二律僭主也從樹海消聲匿跡，大概已經離開第七艾蓮妮西亞了。如果這樣還要懷疑他，豈不是所有人都有嫌疑了嗎？」

「倘若雜貨工房的調查屬實，就確實如此。」

「既然如此，那你可以問問你家伯爵。對吧，巴爾扎隆德小弟？阿諾斯似乎是搭你的船偷渡過來的，不是嗎？」

聖王將目光轉向站在後方的巴爾扎隆德，他隨即開口說：

「蓓拉彌卿說得沒錯。的確，阿諾斯．波魯迪戈烏多是搭乘我的銀水船偷渡而來。直到幽玄樹海消滅之前，我一直在監視他，但他並未與二律僭主有過任何接觸。」

巴爾扎隆德親眼看到了我與二律僭主交戰的場面。雖是敵對行為，他若是據實陳述，我與二律僭主串通的疑慮便無法消除。畢竟也能認為我是受到脅迫了。

只要我們未曾接觸過，大概就會判斷我與他毫無關聯，然而他為什麼不惜對聖王說謊，也要包庇我？

「我記得報告上並未提及此事。」

「我判斷就算省略這部分也不成大礙。因為我的個性不擅長統整觀點。」

巴爾扎隆德回答。聖王「呼」的一聲吁了口氣。

「我知道了。將米里狄亞世界置於支配下，或許有點太過霸道了。我會考慮再稍微溫和一點的方法。」

儘管是很可疑的藉口，他並未表現出懷疑巴爾扎隆德的反應。大概是聖王也很清楚他有點脫線吧。

靈神人劍的劍柄已經斷定我是亞澤農的毀滅獅子。倘若巴爾扎隆德已將此事告知聖王，應該會在這裡提及才對，可是就連這點也沒有。

「這樣就行了吧？」

雷布拉哈爾德轉頭看向珂絲特莉亞。

「我贊成提案。米里狄亞世界最好置於聖上六學院的支配之下。」

雷布拉哈爾德、蓓拉彌與柏靈頓彷彿散發著無言的壓力，注視著珂絲特莉亞。儘管如此，她始終閉著眼睛，似乎堅決不打算改變意見。

在一陣短暫的沉默後，轉移的固定魔法陣忽然發動。出現的並非是人，而是一封書信。奧特露露伸手拿起那封信，靜靜地打了開來。祂在稍微看過內容後，邁開步伐將書信交給珂絲特莉亞。

「是伊威澤諾的代理元首送來的。」

珂絲特莉亞瞬間露出嚴峻的表情後收下書信，微微睜開眼睛。只見她的義眼（眼神）越來越迷惘，一臉懊悔地咬牙切齒。

「……算了。」

珂絲特莉亞短促地說：
「我也反對這個提案。」
大概是書信上寫了什麼，使得她就像突然改變了態度一樣。

§13 【魯澤多福特的紅線】

「那就進行表決。有關福爾福拉爾滅亡一事，在找出主謀的期間內，凍結魔王學院的正式加盟，將米里狄亞世界納入聖上六學院的支配之下。贊成者請舉手。」
奧特露露就像例行公事一般，不帶情感地述說。
想當然耳，沒有人舉手。
「無人贊成。由於全體一致，本案遭到否決。法庭會議到此結束。此外，關於『極獄界滅灰燼魔砲』的封口令將繼續維持，並解除第二深層講堂的待命處置。」
說完這些之後，奧特露露便向第二深層講堂發出「意念通訊」。這樣一來，位在深層講堂的我的部下們也能自由行動了。
「小子。」
蓓拉彌一面啟動轉移的固定魔法陣一面說：
「可別忘了約定啊。」

她這樣提醒柏靈頓後，便轉移離開了。

雷布拉哈爾德、珂絲特莉亞與吉恩，也跟著發動轉移的固定魔法陣。

「對了，你們稍等一下。」

我朝著他們三人說：

「我有兩三個問題想詢問你們。」

「去死吧，不適任者。」

丟下這句宛如小孩子的壞話，珂絲特莉亞隨即轉移離開。

「抱歉，我必須準備下一場法庭會議。」

聖王雷布拉哈爾德說。

「靈神人劍的事就算了嗎？」

「伊凡斯瑪那具有自己的意志。如果它落在被選上之人的手中，就代表它有應該完成的使命。現在就暫時託付給你了。」

唔嗯，真是令人費解。我作為福爾福拉爾滅亡的主嫌，目前應該還留有嫌疑，他卻仍然將海馮利亞象徵的靈神人劍託付給我，這背後究竟有什麼意圖？

「首先必須解決這件事。與你的談話就等下次有機會再說吧，恕我先告辭了。」

雷布拉哈爾德和巴爾扎隆德一同轉移離開。

「我沒有回答問題的權利，也沒有得到對話的許可。」

吉恩維持立正姿勢，發出耿直的聲音。

「那麼，幫我轉告創造神艾蓮妮西亞，說祂女兒想見祂一面。」

「我無法保證能夠傳達這句話。」

我就知道他會這麼說。

「那你就至少記住這件事吧。」

「我會記住的。那麼，再會。」

吉恩也利用固定魔法陣，跟著轉移離開了。

「明明才剛來不久，看來大家都很忙呢。」

留著齊瀏海短髮的青年——傀儡世界的元首柏靈頓這麼說並走了過來。

「承蒙你照顧媽媽了。」

「……嗯？」

柏靈頓一臉困惑地思忖。

「就是你來這裡之前拯救的那名女性。」

說完，柏靈頓瞬間以認真的表情注視著我。

「……是這樣啊。原來如此……」

他自顧自地表現出像是理解了什麼的反應。

「謝謝。」

「我只是碰巧路過罷了……不過，帕布羅赫塔拉也很少會發生那麼危險的事。雖然福爾福拉爾滅亡一事也很重要，但也有必要調查這件事不是嗎？」

柏靈頓這麼說並轉頭看向奧特露露。

「奧特露露已掌握庭院發生的事件了。並未確認到有外部人員侵入帕布羅赫塔拉宮殿的蹤跡。」

這意味著媽媽會遇襲，是帕布羅赫塔拉內部人員犯下的罪行。

「奧特露露會著手調查此事，並同時與聖上六學院協商對策。」

「那樣就太好了。」

柏靈頓隨口說著，然後再度轉頭看來。

「還得為你在法庭會議上幫忙說話的事向你道謝。拜你所賜，讓我少了一件麻煩事。」

「不必道謝。我只是有點興趣罷了。」

我朝他看去，發現柏靈頓滿意地笑了。

「轉生的事。」

唔嗯，所以他會站在我這邊，並不僅僅是出於好心嗎？

「假設有一個已經毀滅的人——」

柏靈頓靜靜地開口說。

「你覺得我們會再次相遇嗎？與重生後的那個人。」

「如果你真心希望，就會相遇吧。總有一天。」

他滿意地點了點頭。

「我也抱持相同的看法。」

柏靈頓伸出手將魔力送入轉移的固定魔法陣。與此同時，我腳下的魔法陣也隨之發光。大概是要我跟他走的意思吧。當我委身於轉移後，眼前就染成純白一片。下一瞬間，眼前出現排列著四根柱子的通道。

「銀水聖海一般好像認為沒有轉生這種事吧？」

「沒錯。即使在傀儡世界魯澤多福特，相信轉生的人也不多，恐怕只有我相信吧。」

柏靈頓一邊這麼說，一邊邁開步伐。我則與他並肩走著。

「話雖如此，我以前並不相信喔。因為發生了許多事、見聞增廣，才讓我改變了想法。認為總有一天，奇蹟一定會發生。」

他專注地注視前方。那是一雙閃耀著熱情，深信不疑地相信希望的眼神。

「這樣啊。」

「阿諾斯是個好人呢。」

我轉頭一看，發現柏靈頓滿意地笑了。他停下腳步，就這樣仰望著天花板。

「和你想的一樣。會希望奇蹟發生的，一直都是需要奇蹟的人。目睹到我們的公主在眼前毀滅消失，所有人都放棄了希望，打算向前邁進。然而，我沒那麼有出息。只有我一個人無法澈底放棄希望。」

他再度邁開步伐。

「在那之後，不知度過了幾個千年……」

柏靈頓一面思考，一面走在通道上。

「我決定要相信奇蹟會發生。不斷祈求她的轉生，尋覓她的身影。每當我提及此事，也總是會被人當成傻瓜。人們總說一旦重生，就是另一個人了。雖然我開始不再提及此事，仍然周遊各式各樣的世界。不論是深層世界還是淺層世界，甚至連帕布羅赫塔拉禁止進入的泡沫世界也都曾經去過。」

柏靈頓停頓了一下，然後再度開口說：

「當然，到處都不見她的身影。」

他不知為何露出笑容，踏著輕快的步伐前進。

「我身為皇子卻擔任元首這件事，你覺得很不可思議吧？」

柏靈頓忽然改變話題。

「算是吧。」

「因為魯澤多福特的皇帝是主神。」

原來如此。

「你是主神之子嗎？」

我仔細窺看深淵，發現柏靈頓確實散發著神族的魔力。然而，他並不是完全的神，好像還混著其他魔力。

「要說是孩子，我也確實像是祂的孩子。我們傀儡世界的主神是傀儡皇貝茲，擁有連結命運的權能。那是被稱為『紅線』的命運之線，以及被稱為『偶人』的魔法人偶。」

他轉頭看向我繼續說：

「傀儡皇會用其『紅線』綁住一名適合自己世界的人選，與『偶人』連繫在一起。這是以命運——成為傀儡世界魯澤多福特元首的命運連結根源。而被連結的命運必定會實現。」

「必定？」

「沒錯，必定。舉例來說，假如將『紅線』綁在其他世界的居民身上，作為其根源秩序的火露便會轉移到傀儡世界，他的根源將會失去自己的肉體。其根源會被『紅線』綁在名為『偶人』的魔法人偶容器裡，成為魯澤多福特的元首。」

還真是符合傀儡世界之名的權能。他能封住理滅劍的理由，我也大致有了頭緒。

「所以你的那具身體，就是傀儡皇的權能吧？」

「沒錯。這具身體是魔法人偶『紅線偶人』。所以我認為，這個『紅線偶人』之所以能夠成立，難道不是因為銀水聖海存在轉生嗎？能認為過去的我已經消失，重生為魔法人偶。同時還保有記憶與力量。」

「確實是很類似轉生的機制。」

雖然無從確定是否真的是因為這個秩序，正因為柏靈頓成為了「紅線偶人」，讓他比其他人更相信轉生吧。

「先說好，這件事我從未向任何人透露過——」

離開宮殿後，我們來到庭園。大概是從伊杰司那邊得知消息，魔王學院的學生們已正在調查襲擊者的來歷。

「在被綁上『紅線』之前，我其實是災淵世界伊威澤諾的居民。」

「哦？」

因為方才的襲擊而遭到破壞的學生餐廳「大海原之風」，已經經由米夏的創造魔法修復好了。

媽媽注意到我，向我揮了揮手。我稍微抬起手回應她。

柏靈頓說：

「阿諾斯的母親應該也是吧？」

「你為什麼會這麼認為？」

傀儡世界的皇子露出懷念的眼神，注視著朝我們跑來的媽媽。

「我曾經想過會不會是這樣。當然，我也無法立刻相信。然而，我現在有了確實的證據。因為我一直在尋覓她。在魯澤多福特的紅線引導下，我總算與她相遇了也說不定。」

「小諾，歡迎回來……咦……？」

媽媽注意到我身旁的柏靈頓。

然後她立刻向他低頭道謝：

「剛才謝謝你救了我。原來你是小諾的朋友啊？」

「非常抱歉，我方才有些慌張，未能好好向妳打招呼。」

他以柔和的語調說，彬彬有禮地向媽媽鞠躬。

「姊姊，好久不見了。妳還記得我嗎？」

「那個……」

媽媽困惑地看著柏靈頓。

儘管可能是因為她毫無頭緒，不僅如此，她也顯得有些心不在焉。她會呼吸急促，是因為剛剛跑了過來嗎？

「……不好意思，我不記得耶。請問我們曾經在哪裡見過嗎……？」

柏靈頓露出有點悲傷的表情。

「……不，妳想不起來也很理所當然。不好意思，雖然我作好不能心急的心理準備，還是不由得心急起來了。」

柏靈頓這麼說著，就像要重振精神似的展露笑容。

「我依序說明清楚吧。妳前世叫做露娜．亞澤農，在災淵世界伊威澤諾被稱為『災禍淵姬』。而我則是唯一能與妳一同分擔災禍淵姬宿命的家人——」

「先說到這裡吧。」

柏靈頓一臉疑惑地看著我。

「我沒有絲毫要給你們添麻煩的意思。我只是——」

「我不是那個意思。」

我伸手碰觸媽媽的額頭。她燒得相當厲害。

「啊……被小諾發現了嗎？我從剛剛開始就有點發燒……是感冒了嗎……」

不對。

感冒不會使得魔力紊亂。

然而這是怎麼回事？我從未見過這種症狀。即使施展「時間操作（rebaido）」回溯時間，也毫無康復的跡象。

「縱然我覺得應該沒事……啊……」

媽媽突然搖搖晃晃，我立刻支撐住她的身體。

「小諾，抱歉……總覺得忽……然……」

媽媽突然倒下，渾身無力地倒在我的懷中。

她便這樣失去了意識。

§ 14 【渴望災淵】

帕布羅赫塔拉宮殿，魔王學院宿舍——

失去意識的媽媽正安穩地睡在床上。

米夏在床舖旁邊輕輕碰觸媽媽的腹部，以其神眼（眼睛）窺看深淵。

「體溫有點高，魔力也有些紊亂。」

她平靜地說：

「症狀和感冒差不多，沒有生命危險。可是——」

「治不好嗎？」

她點了點頭。倘若連必要時能連同根源一起重新創造的米夏都治不好，那麼就棘手了。

雖然症狀輕微，情況顯然並不尋常。

「病灶在哪裡？」

「子宮內部。」

米夏凝視著神眼（眼睛）說。

「只有些許熱度從那裡傳來——原來並不存在的熱源。」

就連施展「時間操作」也無法治好，米夏也無法重新創造。

也就是說，媽媽的身體與根源都很正常。雖然熱源從子宮內部產生，異變的原因恐怕來自外部。有什麼從外部流進媽媽的子宮內部。

恐怕就是珂絲特莉亞所說的——

「是與『渴望災淵』連結上了……」

柏靈頓一臉擔憂地喃喃說道。

「能請你告訴我詳情嗎？」

他點了點頭，同時開始說明：

「銀水聖海存在幾個名為『淵』的地方。這些地方會吸引人們的意念，是某種魔力的聚集點。災淵世界伊威澤諾擁有的『渴望災淵』也是一種『淵』，那裡吸納各式各樣的渴望並轉化為魔力，形成漩渦。」

由渴望形成漩渦的災淵啊？感覺還真是不吉利。

「米里狄亞世界有精靈嗎？」

「有。」

「災淵世界伊威澤諾也有與其類似的種族，其名叫做幻獸。不同於一般根據傳聞與傳承誕生的精靈，伊威澤諾的幻獸由渴望所誕生。」

「也就是從『渴望災淵』裡誕生的嗎？」

柏靈頓點了點頭。

「幻獸的起源是渴望，一種令人飢渴的強烈欲望。正是追求優越、服從、秩序、防衛與支配的感情，這些在銀水聖海中蔓延的種種渴望，使得牠們得以成形。」

他繼續說明：

「『渴望災淵』底部沉積著濃縮的欲望。正是那個最濃烈的渴望誕生出最強的幻獸——亞澤農的毀滅獅子。獅子象徵百獸之王，換句話說，牠們即是幻獸之王。」

所以珂絲特莉亞與那個獨臂男子是由渴望誕生的幻獸嗎？

「牠們是由什麼樣的渴望所誕生的？」

「據說牠們懷有會為銀海帶來災禍的各種渴望，不過當中最為強烈並作為其核心的是破壞衝動。因此，牠們被稱為毀滅獅子遭到人們厭惡，而且其身擁有強大的毀滅力量。」

唔嗯，我大致明白狀況了。

「所謂的災淵之底與媽媽的子宮內部連結，是指這兩者變得相等的意思吧？換句話說，『渴望災淵』本身就是媽媽的子宮內部。」

「沒錯。看來即使經過重生，也似乎無法逃離『渴望災淵』。」

露娜．亞澤農是伊威澤諾的居民。雖然不清楚事情的原委，她轉生之後成為了米里狄亞的居民。

接著她再度轉生，這次成為一名無力的人類，以伊莎貝拉的身分誕生。她應該沒有施展「轉生」，根源的形狀也已經改變。那麼，為何伊威澤諾的「渴望災淵」仍糾纏著媽媽呢？

「根據珂絲特莉亞的說法，媽媽似乎被幻獸迷住了？」

「那是被稱為懷胎鳳凰的幻獸。想要生子的渴望擁有強大的力量，為我們姊弟帶來了災禍。姊姊被注定了災禍之胎的宿命，我則被注定了災禍之臟的宿命。」

「所以你的體內也與『渴望災淵』連結在一起嗎？」

柏靈頓點了點頭。

「我以為只要變換成魔法人偶的身體，就能擺脫這個宿命，然而哪怕是成為傀儡皇貝茲的『紅線偶人』，狀況也沒有改變。」

柏靈頓的根源被「紅線」綁住，成為傀儡世界魯澤多福特的元首。既然就連換了一個全新的身體也無法改變狀況，是否意味著這是與根源綁定的力量？

即使成為「紅線偶人」，柏靈頓的根源形狀也沒有太大的變化。不過媽媽的根源應該幾乎變成另一個人了。

「那個懷胎鳳凰的目的是什麼？既然幻獸由渴望所誕生，根本不需要母胎。」

「所謂的幻獸，一如其名沒有實體。亞澤農的毀滅獅子也是如此，當其存在於『渴望災淵』時，會處於一種形態不定、宛如幻影一般的狀態。在此狀態下會缺乏自我意志，是一頭只會順從自身渴望的野獸。假如不經由母胎，就無法獲得肉體。」

原來如此。

「災禍淵姬是為了讓亞澤農的毀滅獅子獲得肉體的存在啊？」

話語剛落，柏靈頓立刻露出認真的表情。

「有一件事我必須問你。」

他以無比認真的表情嚴肅地詢問我：

「阿諾斯，你是姊姊的親生孩子嗎？」

倘若柏靈頓所言屬實，那我就是從「渴望災淵」誕生的亞澤農的毀滅獅子了。媽媽能生下應該無法正常生產的波魯迪戈烏多之子，難道是因為這個原因嗎？

「在兩千年前與現在這個時代，媽媽兩度生下我。我的魔力確實與珂絲特莉亞他們非常相似，也會產生難以理解的共鳴。」

「……這樣啊……那就不得不說了……」

他先是這麼說，接著將嘴巴抿成一直線。

「阿諾斯，你或許將會面臨殘酷的命運。亞澤農的毀滅獅子是災厄本身，據說只要其渴望一度覺醒，就會受到破壞衝動驅使，甚至會毀滅這片銀海……」

唔嗯，破壞衝動啊？

就目前來說，完全沒有這種感覺呢。

「可是，請你放心。我的『紅線』能綁定命運。為了能將姊姊的孩子綁在平穩的命運上，我與傀儡皇貝茲進行了交易。」

所以他為了不知何時能相遇的姊姊，成為傀儡世界的元首嗎？柏靈頓大概早就為這一天做好準備了吧。

「感謝你的關心。儘管如此，我的精神算是穩定的，我想並不需要你特別這麼做。」

「……假如是這樣，那就好……」

說得真不乾脆。所以只要是亞澤農的毀滅獅子，這就是無法避免的命運嗎？

被說成是毀滅銀水聖海災厄的危險存在。

他會擔心也無可厚非，但對我來說這是次要問題。

「話說回來，珂絲特莉亞是怎麼獲得肉體的？」

蓓拉彌曾經說過，珂絲特莉亞是出生不滿千年的小丫頭。

她出生的時候，媽媽正在米里狄亞世界的轉生途中。剩下的可能性，就是她是柏靈頓的孩子吧？

「我的祖父——伊威澤諾的幻獸機關裡，有個名為杜米尼克的所長。他雖然是幻獸的研究人員，卻是個瘋子。恐怕是他用其他方法生出來的。」

唔嗯，縱使讓人有點在意，似乎跟媽媽的病情無關。

應該可以先擱置不管。

「不過珂絲特莉亞曾經說過，『渴望災淵』在自願或懷上孩子時，才會連結在一起？」

媽媽對於「渴望災淵」一無所知。即使窺看深淵，她也只有一人份的魔力。應該也沒有懷上孩子。

「……我能想到的原因有兩個。第一個，也許是我害的……我在與姊姊相遇時，與她進行了共鳴。所以與我連結的『渴望災淵』，喚醒了姊姊的『渴望災淵』……」

「另一個原因呢？」

「只是喚醒的話，連結應該很快就會再度中斷。之所以沒有中斷，我想可能是災淵之底發生了什麼重大變化。舉例來說，像是尚未獲得肉體的毀滅獅子正在那邊大鬧之類的。」

我不認為這是巧合。「渴望災淵」位在伊威澤諾，他們應該也有辦法讓毀滅獅子暴動。由於直接襲擊失敗失去耐心，轉而採取了強硬的手段嗎？可是這樣能達成什麼目的呢？

「為什麼同樣與『渴望災淵』連結的你沒有受到影響呢？」

「因為量不同。我承擔的『渴望災淵』最多只有姊姊的四分之一。倘若是這個『紅線偶人』，控制起來相對容易。」

「再這樣下去會變得如何？」

「……我不知道。姊姊恐怕是轉生之後，變得完全無法控制『渴望災淵』了。因此只要幻獸稍微暴動，就會導致魔力紊亂，身體發燒。如果繼續惡化下去，恐怕會很危險。」

媽媽是連魔力也無法使用的一般人。那個叫什麼「渴望災淵」的力量，可能有點超出她的負荷。更何況，如果這是伊威澤諾動的手腳，最好不要認為病情會就這樣漸漸好轉。

「我有一個方法能讓姊姊的病情好轉。」

柏靈頓對自己的頭部畫出一道魔法陣，並把手伸了進去。他從中取出一顆魔法石。

「這是叫做『記憶石』的魔法具，裡頭存有姊姊與我的過去。假如看過這些記憶，姊姊說不定就能回想起過去。」

「只要回想起來，她就能控制『渴望災淵』了嗎？」

「因為過去的姊姊能夠充分控制住它。縱使現在缺乏魔力，只要她理解控制方法……」

柏靈頓將魔力輸入「記憶石」。隨後，一根魔法線延伸出來並與媽媽的頭連接在一起。

「別這麼急。」

我以「破滅魔眼」一瞪，切斷了魔法線。

「你在做什麼……？」

「把那個借我。經由我把記憶傳送給媽媽，應該沒問題吧？」

默默地思考了一會兒後，柏靈頓將「記憶石」交給我。

「當然沒問題。」

我將魔眼（眼睛）看向手中的「記憶石」。這似乎是一種能放進頭部，保存特定記憶的魔法具。而且能將它與他人的大腦連接，以影像的形式播放出來，跟米里狄亞世界的魔法具沒有太大的差別。

只不過，當中所蘊含的魔力高了好幾個層級，能儲存的記憶量多達一萬年以上。我握住「記憶石」輸入魔力，在與媽媽連上魔法線後，腦海中便開始浮現影像。

「砰」的一聲巨響突然響起。

「——給我等一下！」

爸爸推開房門走了進來。

「阿諾斯！也讓記憶通過我回想吧！」

柏靈頓以疑惑的目光看著他。這是當然的吧。即使經由爸爸，也沒有任何意義。

「抱歉，這不是可以隨便讓人看的東西，是我和姊姊重要的過去。」

「那個，或許是這樣啦，可是我……」

爸爸以一反常態的認真表情注視著柏靈頓。

「我是伊莎貝拉的丈夫啊……！」

柏靈頓的表情變得冷峻，露出就像帶有敵意的銳利眼神。

「如果這跟伊莎貝拉的病情有關，我也想一起看。雖然我無法施展魔法，而且一點忙都幫不上也說不定……我至少想要了解原因。拜託了！拜託了！算我求求你！」

「咚」的一聲，爸爸猛然把頭撞在地板上。他大概想要磕頭，結果卻用力過猛的樣子。

額頭流血的爸爸朝著目瞪口呆的柏靈頓大喊：

「拜託了！小舅子！」

唔嗯，竟對初次見面的小舅子展現出這種氣勢，該說真不愧是爸爸吧。

「……假如是這樣，我無所謂……」

「哦哦，謝謝你，小舅子！」

爸爸爬起身用力抱住柏靈頓，並且發出「啪啪啪」的聲響拍打他的背部。柏靈頓受到爸爸的氣勢壓制，只能任其擺布。

「爸爸，安靜一點。」

「喔、喔喔……對不起……」

我將魔法線與安分下來的爸爸連結在一起，再次對「記憶石」輸入魔力，之後記憶便經由魔法線開始流淌。

過去的影像在腦海中浮現——

§ 15 【幻魔族與渴望】

一萬八千年前——

災淵世界伊威澤諾是一個雨從未停歇的地方。

就像乾渴的心會追求水一般，受到「淵」吸引而來的人們渴望轉變為雨，然而不論雨怎麼下，這份渴望永遠都不會得到滿足。

不斷落下的雨水最終侵蝕大地，在不知不覺中挖出一個巨大坑洞。

彷彿深深達到世界底部一般的無底水窪，融入各式各樣的渴望。

「渴望災淵」——

自從那個「淵」誕生以來，伊威澤諾的居民們便受到它的影響，左右自己的人生。棲息在水窪裡的渴望獸群，也就是所謂的幻獸，會附著在生物的心靈上，使其充滿自己的欲望。

支配欲、愛慾、食慾、秩序欲、承認欲——這些人皆擁有的自然欲求聚集在這個「淵」裡混合成汙濁，並轉變為偏離常軌的漆黑渴望。即是這股渴望產生出瘋狂的怪物。在這個幻獸跋扈的災淵世界裡，人們會輕易瘋狂，化身為襲擊他人的災厄。

因此，法治無法有效運作，力量與智慧是唯一的生存手段。絕大多數的種族都已滅絕，唯有適應幻獸，被稱為幻魔族的一群人存活下來。

而對他們來說，伊威澤諾也是一個極其嚴酷的環境。幻魔族們大都會被幻獸附身，有時甚至會在欲望的驅使下侵襲其他世界。

只要他們的渴望覺醒，道理與法律都將毫無意義，只能靠力量制止，別無他法。這也是災淵世界受到厭惡的理由之一。

可是，在這樣的伊威澤諾居民當中，儘管為數不多，還是存在不受幻獸所支配，保持理性的人。

他們大致上應該分為兩種。

一種是擁有堅定的意志，不會讓心靈受到支配的人。而另一種，則是擁有強烈的渴望，甚至足以凌駕幻獸的人。

巨大的渴望能吞噬較小的渴望，就算那是幻獸的渴望也一樣。

露娜．亞澤農算是哪一種呢？至少可以確定的是，她即使與幻獸接觸，也絕對不會讓自己的心靈受到擾亂。

「——小紅貓與小藍貓總是這麼親近，你們是夫妻嗎？」

在「渴望災淵」的邊緣，露娜正在對兩隻幻獸攀談。

這些不具實體的幻獸，一般人無法看見。

她擁有的魔眼（眼睛），就連在伊威澤諾的幻魔族之中也相當優秀。

她的表情柔和，而且留著一頭短髮。儘管給人一種活潑的十幾歲少女的印象，露娜其實已經活了悠久的時光。

「姊姊，未獲得肉體的幻獸無法生育。所以，牠們應該不是夫妻，而是由共同依存之類的渴望誕生的幻獸吧？」

這樣回答的，是她的弟弟柏靈頓。他留著一頭齊瀏海短髮，表情略顯嚴峻。他也是一名歷經漫長歲月的幻魔族。

「不過，既然總有一天可能會獲得肉體，那就從現在開始成為夫妻，不也很好嗎？」

露娜愉快地笑著，同時將紅貓和藍貓放在自己的肩膀上。兩隻幻獸磨蹭著露娜的臉。

儘管牠們的幻體崩塌，宛如泥漿一般試圖侵蝕她，她也毫不在意。

「姊姊，最好不要再繼續接觸幻獸了。」

「喂，柏靈頓，夫妻果然很好吧？」

露娜依舊讓兩隻幻獸坐在肩膀上，彷彿要散步一般邁出步伐。

「會比姊弟還好嗎？」

「呵呵，我覺得無法相提並論喲。柏靈頓也總有一天會找到很棒的新娘吧？」

「伊威澤諾並沒有結婚制度。」

「制度怎麼樣都好吧？只要相愛的兩人立下誓言，就算結婚了。」

就像沒什麼實感一樣，柏靈頓歪頭困惑。

「……誓言的話，我們小時候就已經立過了。」

「啊～這麼說來也是呢。我們當時許下約定了吧？」

露娜就像想起來似的輕輕笑了笑。

「說什麼要和柏靈頓結婚，還真是小孩子呢。真是令人懷念。」

「姊姊從以前就一直在說這種話呢。」

「因為我是女孩子嘛，果然會嚮往這種事吧？」

露娜開心地說。

「不過，姊弟兩人無法結婚，所以得找個好對象才行。柏靈頓沒有那種對象嗎？」

「我只要有姊姊就夠了。」

「哎呀？可是我不是常常跟你說嗎？一旦結婚，姊弟就不能再一起生活了。所以，柏靈頓也得努力找對象喲。」

露娜邊撫摸兩隻幻獸，邊笑邊說：「對吧～小貓咪。」柏靈頓注視她的樣子，露出陰沉的表情說：

「姊姊……」

他低聲詢問：

「妳有這種好對象嗎？」

「不會這麼快就找到啦～畢竟伊威澤諾裡想結婚的男性很少呢。」

露娜抱怨地說。由於伊威澤諾本來就沒有結婚制度，這也是理所當然的事。

「啊～啊，好對象會在哪裡呢？我呢，相信這世上存在命定之人。某個人會來這裡迎接我，將我帶離這個地方。要是能成真就太棒了呢。」

柏靈頓仍舊是一副陰沉的表情。

「……不曉得杜米尼克會不會認同。」

「不行喔，要稱作祖父大人吧？放心，祖父大人會好好理解的。如果是我真心所愛的人，如果是會好好愛著我的人，我相信祖父大人一定會祝福我們。」

柏靈頓垂下頭，眼神變得冷峻。然後，他唾棄似的說：

「還是別期待那個人會有像是人類的感情。他被幻獸迷住，早就發瘋了。」

「才沒有那回事呢。祖父大人那是太喜歡研究幻獸了。不過，我的生日他總是會好好幫我慶生，也確實有溫柔的一面。」

「是這樣嗎……」

露娜調轉腳步。

「如果祖父大人怎麼樣都不答應，我就離家出走。」

兩隻幻獸跳下露娜的肩膀。牠們落在剛形成的水窪上，水花向周圍濺起。

「……姊姊對現在的生活就這麼不滿嗎？」

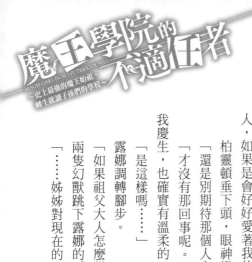

「沒有喲，我沒有任何不滿。多虧祖父大人創立的幻獸機關，研究塔很安全，亞澤農家也很富裕，每天都能享用美食，不論是漂亮的禮服還是美麗的寶石，什麼都能幫我準備。」

露娜彷彿在踏水嬉戲一般，在水窪上踏步走著。

她「呵呵」笑了笑。

「姊姊我啊，很期待喔。總有一天一定會遇見。畢竟世界如此廣大，伊威澤諾的外側也有無邊無盡的海。」

露娜淋著傾盆大雨，宛如與貓咪們共舞一般踏著輕快的腳步前進。

「如果是跟所愛的人一起，只有一點熱湯和硬麵包就夠了。就算沒有如此豪華的禮服，也只要穿著自己縫補的衣服就好。如果能兩個人一起欣賞，就算不是漂亮的寶石，只要一顆小玻璃珠就足夠。」

她抬頭仰望天空。儘管一如往常地下著雨，今天的天空卻顯得晴朗蔚藍。露娜大大地敞開雙手。

「如果有一天，我有了所愛之人，我要和他結婚，兩人一起開一間小店。我要生下那個人的孩子，滿懷愛情地將他撫養長大。只要普通孩子就好。我希望他能過得健康又幸福。」

儘管被雨淋溼，她依舊笑著。

「我不需要什麼特別的事物，只要平凡的日子就好。我所嚮往的，是像這樣平穩、溫柔，以及快樂的家庭。所以說呢……」

露娜快樂地轉了幾圈讓禮服翻飛後，再度面向弟弟。

「柏靈頓也……咦……奇怪……？」

她按著腹部痛苦地扭曲著臉。

「姊姊？」

「奇怪……是……吃多了……嗎……」

「……姊姊……！」

露娜倒在水窪之中。

最後在看到柏靈頓衝來的身影後，她的視野突然一片漆黑。她感到一種不明的異物感。

心臟發出「怦通、怦通」的聲響，當中似乎還夾雜著另一道心跳聲。

那道心跳聲變得越來越大。

異物感變得越來越強烈。

——喂，快生下來。

一道聲音傳來。

令人毛骨悚然的聲音。

——快點。

猙獰的聲音。

——將我。

——將咱。

——將俺。

體內湧出一股陌生的渴望形成衝動。

痛苦不堪，呼吸變得困難。

——生下來。

體內潛伏一頭猙獰的野獸。彷彿牠即將襲擊自己，一種深不可測的恐懼席捲而來——

「露娜，恭喜妳。妳的孩子將會成為毀滅銀水聖海的獅子。」

——她伴隨著絕望醒來。

露娜位在幻獸機關的研究塔，躺在自己房間的床鋪上。

她眼前是一名穿著白色法衣的男子。雖然面容很年輕，卻異常蒼白，幾乎感受不到任何生氣。假如要形容，他就像一具會動的屍體。

這個人是露娜的祖父，也是幻獸機關的所長杜米尼克・亞澤農。

「……祖父大人……？發生什麼事了…………？」

「哦？」

杜米尼克以看著實驗動物一般的眼神觀察露娜。

「還以為妳醒著，原來沒有啊。」

就連這句話，聽起來也像在自言自語。

「我在外頭昏倒了嗎……？」

「露娜，感到高興吧。妳的初經已經來了。」

「初經……？」

露娜的臉上綻開笑容。她已經作好生育的準備，而這也讓她離自己的夢想更進一步。

「這是真的嗎，祖父大人？」

「是啊，還真是漫長呢。老身也很高興，總算成功了。妳將會生下亞澤農的毀滅獅子，沒有比這更值得慶祝的事了。」

有別於興高采烈的杜米尼克，露娜露出凝重的表情。

「…………咦…………………？」

亞澤農的毀滅獅子據傳是棲息在「渴望災淵」底部的幻獸。據說牠是擁有破壞衝動的幻獸之王，是毀滅銀水聖海的災厄。由於是亞澤農家發現的，從而冠上了他們的名字。

「這是……什麼意思？」

「妳在發什麼呆？我們的夙願終於要實現了！據說是亞澤農的始祖達成的偉業——讓毀滅獅子獲得肉體。老身總算碰觸到，太古失傳的那個魔法技術的精髓了！」

杜米尼克得意揚揚地說：

「亞澤農的毀滅獅子棲息在『渴望災淵』底部，到底就連老身也無法出手。然而，真的有人能抵達『渴望災淵』底部嗎？明明就算是毀滅獅子，都無法從那裡離開。」

他就像迫不及待想分享自己的研究成果一般。

「於是老身想到了！只要把『渴望災淵』本身放到母親子宮內部就好，這樣一來就能生下亞澤農的毀滅獅子。這恐怕就是殘存文獻上提到的災禍淵姬真相。」

杜米尼克帶著彷彿屍體一般的臉孔與毫無生氣的眼神露出笑容。

「然而，老身還是遇到問題了。究竟該如何將『渴望災淵』轉化為子宮呢？這個答案，就是妳所擁有的渴望啊。」

露娜一臉不知所措，只能茫然回望著祖父。

「我讓妳想要生育的強烈渴望成為幻獸了。其名為懷胎鳳凰，牠擁有讓妳的胎內等同是『渴望災淵』的力量。簡單來說，就是妳生下的孩子將作為亞澤農的毀滅獅子獲得肉體。」

「……等、等等……」

露娜臉色蒼白地說：

「等等，祖父大人。就是啊……」

「啊？」

「那個，祖父大人的研究說不定很重要，可是我並不想生下那種東西。」

「事到如今妳還在說什麼啊？妳就是為了這個目的而被創造出來的。不管是迎合妳的任性，還是滿足妳的渴望，都是因為妳是要生下毀滅獅子的貴重母胎啊。」

露娜睜大眼睛，看著祖父宛如死人一般的臉孔。

「嗯？老身沒跟妳說過嗎？」

「……騙人……」

露娜茫然地喃喃自語。

「……騙人……的吧……？」

杜米尼克沒有回應。

「……祖父大人，您怎麼了？這樣太奇怪了……到底發生了什麼事……？」

露娜抓住杜米尼克的肩膀。

「喂，祖父大人，快清醒過來！一向溫柔的祖父大人到哪裡去了？就算是為了研究，也不能做這麼可怕的事──」

「閉嘴，煩死了。」

杜米尼克輕輕一甩手，露娜便被彈飛出去，重重地摔在床上。她的臉上露出一副無法相信祖父竟然變得判若兩人的表情。

「放棄吧。懷胎鳳凰已經誕生了，現在就連老身也無能為力。」

「……騙人…………」

「關於幻獸的事，老身不會說謊，妳應該知道吧？」

露娜的眼前彷彿遭到黑暗封閉，只能用這樣的眼神注視著虛空。

「妳只要生下孩子就好，伴侶隨便妳挑選。妳也能過著和往常一樣的生活，這樣還有什麼不滿嗎？」

「可是……」

露娜顫抖著低語。方才的絕望掠過她的腦海。

──露娜，恭喜妳。妳的孩子將會成為毀滅銀水聖海的獅子。

「……祖父大人，您想對銀水聖海做什麼…………？」

杜米尼克以死人般的目光回答：

「銀水聖海會怎樣，老身才不管呢。老身就只是想要近距離見識亞澤農的毀滅獅子。牠的手長得怎麼樣？腳又是長得怎麼樣？文獻上的亞澤農之爪又是什麼？牠會怎麼毀滅銀水聖海？不覺得很令人興奮嗎？嗯？很令人興奮對吧！」

「不只是伊威澤諾，這樣還會對其他世界散布災厄啊……！」

「哦哦，就是那個。老身真想早點看到，那會是什麼樣的災厄？又會如何毀滅呢？」

杜米尼克帶著死人般的表情，只有雙眼閃閃發光，宛如尋夢的少年一般述說。

露娜無言以對並低下頭。她應該是領悟到，不論說什麼都已經無法說服祖父了。

因此她帶著堅定的意志說：

「……我才不會生……」

「啊啊……？」

露娜狠狠地瞪著杜米尼克大聲喊道：

「祖父大人根本不懂！再仔細想想啊！好好地想一想啊！」

「不准對老身提意見。有關幻獸，老身想得非——常周到。就像自己的小孩一般。」

「哪裡會有想要毀滅世界的孩子啊？生來就被稱為災厄，也不會帶著任何祝福出生，怎麼會有這種事！即將出生的小孩必須獲得幸福才行，那麼做根本是在撒謊……！」

「隨妳高興吧。」

杜米尼克毫不打算理會露娜，畫出「轉移」的魔法陣。

「妳一定會生下來。伊威澤諾的幻魔族無法違抗自身的渴望。」

「我不會生下！絕對不會！我不會喜歡上任何人！」

杜米尼克以宛如屍體一般的目光看著露娜。

她帶著堅定的意志回瞪祖父。

杜米尼克不再多說什麼，接著便轉移離開了。

§ 16 【同盟】

帕布羅赫塔拉宮殿，魔王學院宿舍——

我將「記憶石」的影像在腦海一隅播放，同時凝視著媽媽。她闔上的眼瞼滲出淚水，滑落下來。

「……為什麼……」

媽媽彷彿夢囈般低語。

是正在回想過往嗎？至少子宮內部的「渴望災淵」目前還沒有受到控制。

我暫停「記憶石」的影像。柏靈頓一臉疑惑地轉頭看來。

「為什麼要停下來……？姊姊還沒有恢復記憶。」

「體溫上升了。」

一直以神眼（眼睛）關注媽媽身體狀況的米夏說。她伸出指尖，溫柔地拭去滑落的淚水。

「原因大概是『記憶石』。」

「由於記憶流入大腦，可能讓她重新想起了當時的渴望。因此，大概是增強了她與『渴望災淵』的連結吧，對身體造成了不良影響。」

子宮內部的「渴望災淵」比方才還要更加活躍，我能感受到媽媽的體內產生一股來路不明的魔力。柏靈頓一臉擔憂地看著媽媽。

「前往伊威澤諾毀滅懷胎鳳凰會更為確實。順便再警告一下杜米尼克就好。警告他不准再對媽媽出手。」

「如果辦得到，我早就做了。」

柏靈頓以苦澀的表情說：

「沒有獲得肉體的幻獸無法毀滅。牠們是有如幻影一般，沒有固定實體的野獸，所以才被稱為幻獸。起源雖然是姊姊的渴望，『渴望災淵』中相同的渴望會受到吸引。正是充斥在這片銀水聖海上無數想要孩子的渴望，形成所謂的懷胎鳳凰。」

想要孩子的人很多。要斷絕他們所有人的渴望，確實應該很困難吧。

「也就是說，假如要毀滅牠，只要先讓牠獲得肉體就好。」

「這種祕術，只有幻獸機關才有……」

「如果你也是伊威澤諾的居民，應該多少知道一些吧？」

「假如是下級幻獸，就算是我也能輕易讓牠們獲得肉體。然而，懷胎鳳凰是上級以上的存在。即使在幻獸機關，應該也只有杜米尼克能夠辦到。」

柏靈頓以沉重的語氣說明。

「那就讓他去做就好。」

「這不是這麼簡單的問題。只要獲得肉體，幻獸就會變成生命體，牠們會開始帶有明確的意志活動。獲得肉體前散漫且不穩定的渴望就像被統整一般受到強化，『渴望災淵』與姊姊的子宮內部應該會連結得更加緊密。就連對於過去還是幻魔族時的姊姊，杜米尼克都沒有這麼做過。」

那名如此沉迷於研究欲望的男人，之所以沒有讓懷胎鳳凰獲得肉體並強化災禍淵姬的力量，其理由並不難想像。

「因為母胎會無法負荷嗎？」

「更別說是現在的姊姊了。恐怕一瞬間就會毀滅消失。」

「那麼在那之前毀滅牠如何？」

柏靈頓投來嚴厲的目光。

「我不會置姊姊於危險之中。萬一出了什麼事，該怎麼辦？」

「即使慢條斯理地讓她看過去的記憶，也不一定能讓她回想起來。即使回想起來，也無法保證她能控制住『渴望災淵』。」

「她一定會想起來。不論是記憶，還是操控那股力量的方式。」

柏靈頓明確地斷言：

「我與姊姊之間有深厚的牽絆。就像即使重生，我們也能如此再度相遇一樣，她一定會像以前一樣再次回到我身邊。」

「讓她看了過去的記憶後，症狀出現惡化。萬一在她恢復之前出了什麼事，到時候該怎麼辦？」

我這麼詢問完，他便陷入沉默。

「珂絲特莉亞盯上了媽媽，這種症狀也有可能是他們在『渴望災淵』中引發的。杜米尼克雖然成功讓亞澤農的毀滅獅子獲得肉體的樣子，那個肉體恐怕並不完整。」

因此他們才會尋求災禍淵姬。倘若研究順利，他們不會直到現在都還執著於媽媽。

「先觀察媽媽的病情，並在她退燒時使用『記憶石』。要是她能恢復記憶，學會怎麼控制，那就再好也不過。然而，我們應該預先做好準備。」

柏靈頓一臉認真地回望著我。即使我說毀滅懷胎鳳凰會更為確實，他大概也無法相信。既然我是亞澤農的毀滅獅子，就算他覺得我會敵不過深諳幻獸的杜米尼克也不足為奇。

「讓媽媽觀看過去的記憶，同時也尋找毀滅懷胎鳳凰的方法。這樣就沒意見了吧？」

「……道理我明白，但有一個必須解決的問題。」

他以沉重的語氣說：

「那就是外側世界的居民不能進入伊威澤諾。」

「為什麼？」

「……在災淵世界伊威澤諾裡，有一名沉睡已久的不可侵領海……」

柏靈頓以一種不願提及的語氣說：

「災人伊薩克。祂是災淵世界的主神，同時也是元首，一個半神半魔的怪物。據說祂絕對不能被喚醒，即使是伊威澤諾的居民，也不想和祂扯上關係。」

主神兼元首嗎……？大概是基於半神半魔的特性吧。

「假如喚醒祂會怎麼樣？」

「伊薩克是災人，會因為一時興起就輕易毀滅一個世界。祂會按照自己的渴望行事，為滿足自己的欲望而活。銀水聖海裡流傳一句話，那就是：『其已非人，乃災厄之化身。』」

既然是不可侵領海，也就是說祂的力量與二律僭主相當。又或者能認為其力量在二律僭主之上。可是，除了亞澤農的毀滅獅子以外，居然還有災人。一個世界竟然背負多達兩種的災厄，難怪會被冠上災淵世界之名。

「在遠古時代，災人對災淵世界失去興趣，陷入了沉睡。因為沉睡正是當時災人最強烈的渴望。據說要是有人激起災人的渴望，祂便會再度甦醒。」

就算祂對災淵世界失去興趣，倘若是外側世界的事物，難保不會激起災人伊薩克的渴望，所以才會禁止外人進入伊威澤諾嗎？

「假如伊薩克甦醒，就不是救助姊姊的好時機。」

「沒什麼，到時只要再哄睡祂就好。」

柏靈頓緊抿著嘴唇。

「你要是會怕，就留在這裡等吧。假如姊姊正在受苦，你卻這麼害怕一個可能不會醒來的男人。」

「誰會怕啊！倘若是為了姊姊，我甚至不惜獻上自己的靈魂！」

柏靈頓臉色大變，粗暴地大喊。

「那就這麼決定了。」

柏靈頓一臉尷尬地別開視線，拉來一張椅子。他就座後開口說：

「……首先，我們得想辦法進入伊威澤諾。他們不希望災人被喚醒，假如強行闖入，衝突就在所難免。要是處理不好，將會引發我們與災淵世界的戰爭。」

「如果能和平進入，自然是再好不過。」

目的是要毀滅懷胎鳳凰，斷絕媽媽與「渴望災淵」的連結。話雖如此，既然要前往對方的世界，只要從外部侵入，就一定會被察覺。考慮到媽媽的病情正在惡化，我們也無法耽擱太久，視情況也要考慮強行突破會是最好的方法。

「——事情我已經聽說了。」

聖劍世界海馮利亞的狩獵貴族——巴爾扎隆德伯爵大搖大擺地走進房門。

他的身後跟著耶魯多梅朵。

「他似乎有話要說。我覺得好像很有趣，所以就放他進來了。」

熾死王說。

巴爾扎隆德大概是堂堂正正前來拜訪的。

「如果你們想要進入伊威澤諾，我巴爾扎隆德有一個密計！」

他直率地看著我們。

「這是聖王的命令嗎？」

「假如認為我是個沒有聖王命令就不會行動的男人，那可就傷腦筋了。當然，這是我的獨斷行為。」

他挺直背部站好，猛然伸出手臂。

「我以海馮利亞五聖爵之名與性命發誓，我巴爾扎隆德有生以來從未說過半句謊言！」

「剛才在法庭會議上，你似乎說謊了吧？」

「唔……！」

巴爾扎隆德一秒就被駁倒，顯得有些不知所措。

「你、你很煩耶！那個不一樣！」

「哪裡不一樣？」

「為了救人的謊言，不算是謊言！」

唔嗯……

一旦他說得這麼理直氣壯，就讓人提不起勁懷疑。也罷，多虧他謊稱我與二律僭主沒有接觸過，確實讓我省了一樁麻煩。

「你有什麼目的？」

「有關夢想世界福爾福拉爾滅亡一事——」

巴爾扎隆德以嚴肅的表情說：

「我懷疑這是災淵世界伊威澤諾的陰謀。」

這不是不可能的事。據我所知，他們是最有嫌疑的一方。

「根據呢？」

「能進入福爾福拉爾的人，僅限於帕布羅赫塔拉學院同盟的成員，而新成員最有嫌疑，也就是伊威澤諾或米里狄亞。我的直覺告訴我，事情不是你幹的。」

所以只剩下伊威澤諾最有嫌疑。然而，靈神人劍的劍柄確實認定了我是亞澤農的毀滅獅子，對他來說，我跟伊威澤諾是相同的存在，他真的會這麼輕易就相信我是無辜的嗎？

也許在這件事上想再多也沒用。他沒有聰明到會以謊言騙取他人的信任。

「簡單來說，就是你也想去伊威澤諾，以找出他們是主謀的證據吧？」

「正是如此。你已經擁有能前往伊威澤諾的方法，對此卻毫不知情，而我可以告訴你那個方法。這應該是一個不錯的交換條件。」

巴爾扎隆德得意揚揚地說。

「是什麼樣的方法？」

「就是銀水序列戰。序列戰會以擁有較多銀泡的學院世界為舞臺。」

由於巴蘭迪亞斯擁有多個銀泡，上次的銀水序列戰才會以第二巴蘭迪亞斯作為舞臺。

「伊威澤諾擁有多少個銀泡？」

「一個。他們只有第一伊威澤諾。因此，不論深層世界的哪個學院與伊威澤諾進行序列戰，都無法進入他們的世界。」

只擁有一個銀泡的深層世界應該相當少見。而在淺層世界或中層世界中，也沒有學院能向伊威澤諾發起銀水序列戰。

「米里狄亞世界也只擁有一個銀泡。在這種情況下，會以序列較高的世界為舞臺。」

只要米里狄亞與伊威澤諾進行序列戰，就能光明正大地進入災淵世界啊……？

「基本上伊威澤諾只要不接受銀水序列戰就好，應該要先創造一個他們不得不答應的狀況吧？」

他們應該也很清楚帕布羅赫塔拉的規則。倘若不想讓其他世界的居民進入災淵世界，他們很顯然會避免與米里狄亞進行銀水序列戰才對。

「我沒有考慮到那種地步。」

巴爾扎隆德斬釘截鐵地說。這個男人還是一樣，在各方面都顯得粗心大意。

「可是伊威澤諾似乎有意與你達成和解，有機會進行對話。」

哦？

「從珂絲特莉亞的態度來看，我可不這麼認為喔？」

「我聽說與你的糾紛是珂絲特莉亞個人的獨斷行為。伊威澤諾的代理元首娜嘉・亞澤農已經向帕布羅赫塔拉提出了仲裁申請，我們海馮利亞會負責居中協調。作為五聖爵之一，我已經被任命為仲裁人了。」

真是意想不到的提議呢。

「意思是珂絲特莉亞無視伊威澤諾的意向，擅自來找我麻煩，於是他們現在打算為了此事來向我道歉嗎？」

「代理元首是這麼說的。」

好啦，這句話究竟有多少可信度呢？

「也就是說，要在那個仲裁會場上想辦法促成銀水序列戰嗎？」

「沒錯。」

雖然還得看伊威澤諾的態度，這個方法似乎可行。

「情況我明白了。不過，巴爾扎隆德，既然我已經先得知了這個方法，那我就沒有理由必須與你聯手了。」

「……………」

巴爾扎隆德臉上寫著「糟了」兩字。

「……先……展示信賴，正是……狩獵貴族的……夙願……」

他流下一道冷汗，以求助般的眼神看著我。

「唉，好吧。你是個令人相當愉快的男人，就讓你搭乘前往伊威澤諾的魔王列車吧。」

§ 17 【和解交涉】

隔天──

宿舍的大廳裡聚集了奧特露露、巴爾扎隆德，以及兩名災淵世界伊威澤諾的人。

其中一人是獨臂男子。他就是之前造訪米里狄亞世界襲擊媽媽的那個人。

而另一個人，是個雙腳都是義肢的女子，坐在一個黑色的輪椅上。輪椅的材質雖然以木頭為主的樣子，顯然不是普通的貨色。從她能不用本人的魔力就讓輪椅移動來看，應該是一種魔法具。女子留著短髮，相貌成熟，耳朵上戴著耳環。

「初次見面，我們的兄弟。」

輪椅女子說。奧特露露一如往常擺出不帶感情的表情。巴爾扎隆德緊抿著嘴唇，果然一言不發。

「好了，大家坐吧。」

我彈了個響指，以魔法消去一張預備好的椅子。輪椅女子移動到那裡，獨臂男子則坐在另一張椅子上。

「沒想到連魯澤多福特的殿下也在。」

輪椅女子將視線投向坐在房間角落的椅子上，雙手抱胸的柏靈頓。他微微抬頭，不過沒特別說什麼就再次低下頭。

「他是我的客人。有什麼問題嗎？」

「沒有。」

奧特露露與巴爾扎隆德站在我們之間。

「抱歉，忘了先向你問候。我是娜嘉·亞澤農，災淵世界伊威澤諾的代理元首。」

災淵世界的元首，以及身為主神的災人伊薩克一直在沉睡。根據巴爾扎隆德與柏靈頓的說法，實質上在管理伊威澤諾的人是代理元首娜嘉。

由於幻獸機關所長杜米尼克從未公開露面，似乎無法確定她究竟掌握了多少實權。

「然後，這位是波邦加·亞澤農。」

獨臂男子以幽靈一般的長相陰森地朝我笑了一下。

「又見面了呢，兄弟。」

「首先，我要對珂絲特莉亞的行為向你道歉，對不起。我曾經交代她不要對你出手，可是那孩子太容易受到自己的渴望影響。」

娜嘉一臉愧疚地謝罪。看不出明顯的敵意，甚至覺得她相當友善。

「一五一十地招來吧。你們來到我的世界，究竟有什麼目的？」

「我不想在這裡說得太詳細……」

她這麼說著，瞬間朝巴爾扎隆德看了一眼。

在與伊威澤諾長年處於敵對關係的海馮利亞面前，她大概不好談論這個話題吧。

「……真沒辦法。我們在尋找災禍淵姬，也就是你的母親。」

關於災禍淵姬，伊威澤諾至今一直隱瞞詳情。如果她選擇在這裡闡明，至少應該表示他們有想和解的意願吧。

「要說理由的話，是因為亞澤農的毀滅獅子並不完整。」

她觸摸自己的義肢。

「也就是這個。」

漆黑粒子纏繞在義肢上，發出「嘎吱嘎吱」的聲響。

耳朵聽到了奇妙的「嘰、嘰嘰」耳鳴聲，我的根源與她的根源，以及波邦加的根源，展現出就像產生共鳴一般的反應。

「我天生就沒有腳以外的部分，你明白嗎？」

不是沒有腳，而是只有腳嗎……？

在米里狄亞世界與波邦加對峙時，我感覺到他不存在的右手似乎在散發魔力。假如那不是錯覺——

「妳是獅子的雙腳嗎？」

「就是這樣。儘管杜米尼克試圖讓亞澤農的毀滅獅子獲得肉體，他並沒有完全成功。我明明只有雙腳，卻是其他部分獲得了肉體。波邦加也一樣。他的身體有一半以上只是普通的幻魔族身軀。」

只有肉眼看不見的雙腳是亞澤農的毀滅獅子，也是娜嘉的本體。其他部分則是幻魔族的身體，不屬於毀滅獅子。

「所以，為了能完整地誕生，我們需要災禍淵姬。因此，當我們終於得知她還活在米里狄亞世界之後，我便命令波邦加與珂絲特莉亞前去尋找她。」

巴爾扎隆德露出像是察覺到某件事的表情。

「怎麼了？你似乎有話要說。」

「……帕布羅赫塔拉一直在維護海域內的治安。特別是未經許可就試圖進入泡沫世界或淺層世界的行為，將會被視為侵略行為。由於未加盟的米里狄亞世界也處於帕布羅赫塔拉的海域內，也是應當守護的對象。」

還真是自作主張呢。

「相反地，倘若是聖上六學院，只要佩戴帕布羅赫塔拉的校徽，便能自由進出淺層世界，無須經過許可。」

難怪他們全都親切地穿著能知曉身分的制服來訪。

「所以是為了能和平地進入米里狄亞世界，伊威澤諾才特地加盟帕布羅赫塔拉嗎？」

我將視線投向娜嘉後，她以一道笑容回應。

「我無法說理由只有這樣，可是你要這麼想也無妨。不過，最主要的理由，還是我們開始厭倦被獵人先生追趕的生活了。」

娜嘉對巴爾扎隆德這樣說。不知道她這句話有多少是認真的，但至少巴爾扎隆德似乎一點也不打算相信，始終板著一張嚴肅的表情。

「我不會相信野獸的話語。」

他以魔眼（眼睛）緊盯著娜嘉，彷彿在說：假如狀況允許，現在就會將她獵殺一樣。

「獵人先生一點也沒變呢。野獸呢，可是渴望自由的喲。」

娜嘉這麼說著，視線重新回到我身上。

「因此，接續方才的話題，我們的目的其實是要取得災禍淵姬，然後他們兩人在那裡發現了一個令人難以置信的存在。那就是阿諾斯．波魯迪戈烏多，我們的兄弟。」

娜嘉露出微笑，彷彿在歡迎我一樣。

「災禍淵姬生下的阿諾斯，比我們還要正確地獲得了肉體。儘管如此，就連你也還不是完全體。雖然看起來是完全體，你欠缺作為毀滅獅子最重要的部分。如果是現在，也是呢……大概比我稍微強一點吧？雖然我不太確定。」

「哦？」

「很在意嗎？」

「是有點呢。」

娜嘉「呵呵」笑了一聲，同時畫出魔法陣。一根紅色爪子出現在其中。

「阿諾斯拿不出來這個吧？你把力量忘在那邊了喲。」

我畫出魔法陣，拿出從波邦加那邊搶來的紅色爪子。

「這個叫做亞澤農之爪吧？從名字來看，是毀滅獅子的爪子嗎？」

「沒錯。利用這根爪子，亞澤農的毀滅獅子就會再度誕生。波邦加曾經問過你，是不是打算獨占母親吧？」

利用爪子再度誕生？

「聽起來似乎不是什麼好事呢？」

「用這根爪子割開獅子母親的腹部後，我們這次將會反過來從子宮內部返回『渴望災淵』。這是為了取回我們留在那裡的身體，讓其他部分擁有肉體。這樣一來，我們便能成為完全體。阿諾斯應該也將爪子留在那一邊了。」

確實不是什麼好事。

「這麼做媽媽會變得如何？」

「我想會死吧。不過，這種事無關緊要。」

當我亮起魔眼（眼睛）時，娜嘉說：

「杜米尼克・亞澤農就是這種男人。對那個人來說，你和我都不過是一頭實驗幻獸。」

她想說這並非她的本意嗎？倘若不是謊言就好了。

「你們會襲擊媽媽，是杜米尼克的命令嗎？」

「沒錯。我們被繫上了鎖鍊和項圈，渴望也受到了支配。有些事我們不能說，也有些事我們不能違抗。特別是破壞衝動，所以珂絲特莉亞才會忍不住想要摧毀阿諾斯。」

也就是說，她被植入了想要摧毀我的渴望嗎？還真是讓人傷腦筋。

「不過，杜米尼克也誤算了一點。就像我現在能這樣說話一樣，鎖鍊並未完全發揮作用。因為我們不是完整的亞澤農的毀滅獅子，鎖鍊的效果也不完全。」

這種事並非不可能。

「杜米尼克為了研究亞澤農的毀滅獅子，正在試圖讓完全體誕生，我沒說錯吧？」

「是啊。」

「你們想怎麼做？」

對於我的詢問，娜嘉回答：

「我們想殺掉杜米尼克獲得自由。多虧阿諾斯出現，那個人越來越常將自己關在研究塔裡，一直窺看著『渴望災淵』的深淵。他埋首於研究之中，分散了注意力。所以，只要機會來臨，就絕對能殺了他。」

「在法庭會議中襲擊媽媽的人是誰？」

「儘管我沒聽說過這件事……我想犯人一定是杜米尼克……」

「杜米尼克應該不是亞澤農的毀滅獅子，為何他能施展我的『理滅劍』？」

「因為他能從『渴望災淵』中提取亞澤農的毀滅獅子的力量……形成你根本的渴望也在那裡。形成我們根本的渴望也是。如果是我們的魔法，不論是什麼，杜米尼克都能施展。」

唔嗯，雖然很懷疑他是否真的什麼魔法都能施展，假如這件事是事實，那他應該也能施展「極獄界滅灰燼魔砲」。說不定就是他毀滅了福爾福拉爾。

「杜米尼克目前正在『渴望災淵』開始某種新的行動。我想那應該對你母親造成了不良的影響……？」

「是啊。我預定要儘快毀滅懷胎鳳凰。」

話音剛落，娜嘉便露出一臉急迫的表情說：

「……我拜託你，現在先不要採取任何行動。機會一定會來臨。他越是埋首研究，項圈就會越鬆弛。能請你先等我兩個星期嗎……？我一定會殺掉杜米尼克。」

「妳說的不一定是事實。」

我畫出「契約」的魔法陣，內容是要她保證方才說的話毫無半句虛言。娜嘉毫不遲疑便在上頭簽了字。

「我向你保證，請你等我兩個星期。」

她沒有說謊嗎……？

不過，這是怎麼回事？有種莫名的不快感。既然已在「契約」上簽字，她就應該沒有說謊，可是她的話有點太過剛好了。

算了，也罷。反正不論如何，我的答案都只有一個。

「我拒絕。」

娜嘉睜大眼睛。

「……可以……請教你理由嗎……？」

「因為無法保證病情不會在兩個星期內惡化到生命垂危的程度。現在立刻帶我去找杜米尼克吧。如果他是元凶，我就幫你們收拾他。」

「杜米尼克最大的目的，就是阿諾斯和災禍淵姬。他目前正為此進行準備，將注意力集中在『渴望災淵』上。你現在要是過來，我們的計畫就會功虧一簣。」

「不需要暗中偷襲。我可沒有被繫上鎖鍊。」

可是娜嘉對於我說的話搖了搖頭。

「我方才說過了吧？他能從『渴望災淵』中提取亞澤農的毀滅獅子的力量。他能夠使用你，以及我們兄弟姊妹所有人的力量。你明白這意味著什麼吧？」

娜嘉以告誡般的口吻說明：

「阿諾斯，杜米尼克確實比現在的你還強。」

她以嚴肅的表情向我說：

「能殺他的方法只有兩種。不是趁他埋首研究時的破綻下手，就是讓自己成為完全體。完整的毀滅獅子的力量，到底就連杜米尼克也無從對抗。反過來說，就是不這麼做的話，就只會被他繫上鎖鍊。」

「唔嗯，我很清楚了。」

聞言，娜嘉露出稍微安心的表情。

「那麼——」

「那就更不能交給你們去做了。」

娜嘉陷入沉默。我將視線移到獨臂男子——波邦加身上。

「你來米里狄亞的時候吠得這麼囂張，沒想到竟是別人養的狗。」

還以為波邦加會回嘴，他卻不發一語地別開頭。他今天還真是格外安分呢。

「把項圈和鎖鍊拿給我看。只要我幫你們毀掉，這樣就沒有意見了吧？」

不知是不是傷害到了他的自尊，波邦加依舊不發一語。

「說些什麼如何？」

「……………」

「只有被繫上的本人、杜米尼克，或是災禍淵姬能看見這些鎖鍊吧？」

一直保持沉默的柏靈頓這樣說：

「這些鎖鍊似乎從『渴望災淵』聯繫到他們的根源上。即使是我，也只能隱約看見。」

「能看見這些鎖鍊，是因為你的『紅線』力量嗎？」

娜嘉問。

「我沒有回答的義務。」

柏靈頓這樣回答後，再度沉默。如果鎖鍊與項圈在「渴望災淵」裡，就無法從這裡破壞了吧。這樣恐怕會導致根源毀滅。

「看來還是只能去伊威澤諾見杜米尼克一面了。」

「……很遺憾，我無法為你帶路。」

這是她考慮到最後的結論吧，娜嘉這樣說。

「我們一直在等待這個機會。沒有被鎖鍊繫住、正常出生的你，不會理解我們的心情。被生下來的你，不會理解我們這些沒被生下之人的心情。」

「隨妳高興怎麼做吧。我也會隨我的意思去做。」

娜嘉咬緊牙關，以哀求的眼神看著我。她不能讓我任意行動。因為如果我強行闖入災淵世界，他們要殺害杜米尼克的計畫就會失敗。

「那就這樣做吧。米里狄亞與伊威澤諾進行一場銀水序列戰，並接受勝利方的要求。這樣如何？」

「……不論如何，我都不能讓你進入伊威澤諾……」

「唔嗯，這樣啊。」

我緩緩地從椅子上起身。

「給你們添麻煩了，巴爾扎隆德、奧特露露。看來沒什麼好談了。」

我往房門的方向走去，辛則跟在身後。

「……等等！」

當我回頭時，娜嘉就像確認似的說：

「只要我們贏了銀水序列戰，你就願意乖乖聽話嗎？」

「妳能贏的話。」

她露出下定決心的表情。

「好，就用序列戰決定吧。」

交涉成立。我們透過奧特露露締結「裁定契約」，決定了米里狄亞與伊威澤諾的銀水序列戰。

§ 18 【訓練】

娜嘉、波邦加與巴爾扎隆德回去之後，奧特露露開口說：

「阿諾斯元首，本日傍晚奧特露露會再度到此拜訪。」

「為什麼？」

「預定會在那時發表正式加盟帕布羅赫塔拉的審查結果。雖然是形式上的事項，可能的話，想請你在此等待。假如有困難，將會通知你的代理人。」

「我會儘量趕回來。」

簡單行了個禮後，奧特露露便離去了。

「我要先回魯澤多福特一趟，為明天做準備。」

柏靈頓這麼說著，也離開了房間。

「結束了？」

米夏突然從門後探出頭來。

「如妳所見。你們可以進來了。」

跟在米夏後頭，莎夏、法里斯與耶魯多梅朵走進房內。

「與伊威澤諾的銀水序列戰就在明日。儘管對方的元首與主神，那個叫什麼災人伊薩克的正在沉睡，就算排除這一點，他們也比巴蘭迪亞斯更難對付。最重要的是，這次的目的不是要贏。」

「要爭取找出懷胎鳳凰的時間？」

對於米夏的疑問，我點了點頭。

「銀水序列戰進行的期間，我們能停留在伊威澤諾。我會與柏靈頓一起溜出序列戰，先去見杜米尼克一面。巴爾扎隆德則會去搜索福爾福拉爾滅亡的證據。」

雖然按照契約，只要打贏銀水序列戰，他們就會讓我與杜米尼克見面，然而無法確定媽媽的病情何時會惡化。

在對方先發制人之前，最好先採取行動。

「也就是說，杜米尼克不會參與銀水序列戰嗎？」

莎夏問。

「十之八九是這樣吧。根據巴爾扎隆德的說法，他從未出席過序列戰。娜嘉也不想讓我與杜米尼克接觸。」

對於正在埋首研究的杜米尼克來說，銀水序列戰應該是微不足道的小事。不想讓他持有多餘警戒心的娜嘉，應該會隱瞞對手是米里狄亞世界的事情。萬一他參戰了，也只是省了找人的工夫吧。

「在我讓懷胎鳳凰獲得肉體並將牠毀滅之前，為了不讓對方發現我不在場，你們要完全壓制住娜嘉等亞澤農的毀滅獅子們。」

「我知道要完全壓制住他們，但也不能打贏對吧？」

莎夏一面思考一面這樣發問。只要序列戰結束，應該就會需要和娜嘉談話，這會讓他們察覺到我不在場。在見到杜米尼克之前，我想避免事態陷入這種局面。

「不必太過擔心，他們並不是能輕易解決的對手。特別是擔任代理元首的那個叫做娜嘉的女人。」

聞言，耶魯多梅朵露出愉快的笑容。

「咯咯咯咯！還真是變成相當愉快的狀況不是嗎！珂絲特莉亞、娜嘉，以及波邦加。光是已經知曉的情報，亞澤農的毀滅獅子就有三人。他們分別是右手、雙腳與雙眼。除此之外，就算還有左手與身體存在也不奇怪。當然，還有獅子以外的幻獸。」

「倘若他們的力量在巴蘭迪亞斯的城魔族之上，對於現代的魔族們來說，負擔太過沉重也說不定呢。」

法里斯的意見使得米夏點頭同意。

「他們在巴蘭迪亞斯戰也耗盡了魔力。」

「沒什麼，只要當作是突破極限的機會就好。」

莎夏露出難以形容的表情。

「要是聽到這句話，大家毫無疑問會露出絕望的表情吧。」

「他們就是要在露出那種表情，才能發揮出真正的實力。」

莎夏回我一個傻眼的表情。

「熾死王，你已經學會那個了嗎？」

當我詢問耶魯多梅朵時，他咧嘴一笑。

「當然，學是學會了，不過，哎呀哎呀，假如想運用自如，恐怕不是一朝一夕的事啊。而要讓他們學會的話，則必須耗費更多的工夫。」

熾死王揮動手杖，對全員畫出「轉移」的魔法陣。視野在染成純白一片後，我們來到帕布羅赫塔拉宮殿內的訓練場。

魔王學院的學生們正在和亞露卡娜、米莎、艾蓮歐諾露以及潔西雅，一起進行魔法或魔王列車的操作訓練，到處都有魔力粒子在激烈飛舞。

「如你所見，他們正在拚命訓練，但能不能在明天之前趕上呢？」

有幾名學生對「明天之前」這個詞產生反應，瞬間轉頭看來。

「倘若是你，應該辦得到吧。」

「哎呀哎呀哎呀，就算你這麼看得起我，我也不是魔王啊。基本上，就算教師再怎麼熱心指導，也不可能讓學生無限地成長下去。」

「即使胃會變大嗎？」

突然間，耶魯多梅朵像壞掉的玩具一樣，發出「咯咯咯咯咯」的聲音大笑起來。

「的確、的確，的確呢。啊啊，只不過，這該怎麼說好呢？對了！」

他發出「咚」的一聲撐起手杖，同時愉快地說：

「說不定會看見地獄喔。」

學生們像是把耳朵弄大一樣，不知不覺朝我們靠近。他們每個人都帶著像是在祈禱什麼的表情。

「會到何種程度？」

「會比拚命還要拚命，然後再拚命，甚至更上一層的拚命。視情況會比毀滅還要痛苦也說不定——」

耶魯多梅朵說到一半停了下來。

學生們明顯靠了過來，紛紛豎起耳朵。

「不過，也得考慮到效率。就算要變得更嚴格……」

耶魯多梅朵假裝沒看到一般說，同時靠近食指與拇指，形成約一公分的空間。

「也只會稍微嚴格一點。」

「原來如此，稍微啊？」

遠處的學生們撫胸鬆了一口氣。

「是啊。哎呀哎呀，哎呀哎呀，只不過──」

耶魯多梅朵將食指與拇指之間的間距拉開到兩公分。

「也許是稍微的兩倍喲。稍微的兩倍。」

「一倍和兩倍也沒差多少。假如只是稍微的程度。」

熾死王露出心滿意足的表情，誇張地行了個禮。

「既然有魔王的擔保──」

莎夏冷冷地看著正在進行這種對話的我們兩人。

「……感覺有點可疑耶……」

「一倍和兩倍一樣……？」

聽到她的嘀咕，旁邊的米夏微歪著頭。

「兩倍和四倍也一樣？」

「……稍微的無限兩倍啊……」

「好啦。」

我環顧四周，發現雷伊正在空揮靈神人劍。他正流著斗大的汗珠，就連根源的數量也減少到了四個。

然而──

「再來一次吧……」

「我知道了喔！」

雷伊踏出一步，瞪著艾蓮歐諾露展開的魔法屏障。

他迅速高舉聖劍，使盡全力揮下，成功斬斷了魔法屏障。那道純白的劍光，更是直接將後方堅固的訓練場牆壁一分為二。

艾蓮歐諾露的手臂只是被稍微擦過，就滴下了幾滴血。

「哇喔……！雷伊弟弟，這要是打中，可是會死人喔……」

儘管還不完美，算是不錯的結果了吧。

「辛，去當他的對手。」

「遵命。」

辛靜靜給予回應，朝著雷伊走去。

「法里斯、米夏，你們先搭乘傑里德黑布魯斯返回米里狄亞。」

米夏直眨著眼睛，向我投來詢問的眼神。

「假如重生就是另一個人，是銀水聖海的常識。然而，媽媽在米里狄亞世界也同樣使用了露娜這個名字。」

「她施展過『轉生』？」

「雖然不知道伊威澤諾的居民能運用到何種程度，如果她死在米里狄亞世界，就有這種可能。」

只是火露移動的話，這一點應該無法成立。

伊威澤諾的露娜．亞澤農親自造訪了米里狄亞世界。有理由認為她正是因為在那裡轉

生，才會繼承了名字的記憶。

「請痕跡神利巴爾修涅多去調查米里狄亞世界的痕跡。說不定擁有前世記憶的媽媽就在那裡。」

「記憶石」裡存在的，本來就是柏靈頓的記憶，無從得知媽媽是怎麼控制住「渴望災淵」的。

如果是米里狄亞世界，也許就有留下那個痕跡。

「米里狄亞世界已經歷過轉生，難以追查前一個世界的痕跡。因為也有缺損的部分。」

米夏平靜地說。

「而且，露娜・波魯迪戈烏多是與賽里斯・波魯迪戈烏多一同行動，他很擅長隱藏形跡。倘若是從神界，就連我的神眼（眼睛）也無法找到他。」

「只要結合妳的神眼（眼睛）與痕跡神的權能，也許就能找到了。」

米夏眨了兩下眼。

「我試試看。」

「我們出發了，陛下。」

米夏與法里斯施展了「轉移」，從訓練場轉移離開。

「米莎。」

我向顯現真體、正在進行魔法訓練的她搭話。她正試圖開發出深層魔法與精靈魔法的融合術式。

出來。

「妳能拿出面具嗎？」

米莎優雅地揮動指尖畫出魔法陣。緊接著，阿伯斯．迪魯黑比亞的面具便從黑暗中浮現出來。

「是這個嗎？」

「借我一下。」

我從米莎手中接過阿伯斯的面具。將其戴上後，我在腳邊畫出魔法陣。我的衣服從魔王學院的制服，變成了二律僭主所穿的暮色外套。

「你打算做什麼呢？」

「我有事想要調查。耶魯多梅朵，之後交給你了。倘若發生了什麼事，就立刻通報。」

我向織死王這樣交代，同時畫出「轉移」的魔法陣。視野染成純白一片，我轉移到了宮殿外頭。

上空剛好能看到飛空城艦傑里德黑布魯斯即將飛離帕布羅赫塔拉。我施展「飛行」飛向天空與那艘船艦並行後，發出「意念通訊」。

「路上小心。」

『阿諾斯也是。』

米夏的回覆傳了過來。我再度畫出「轉移」的魔法陣。雖然轉移在帕布羅赫塔拉的內外會失效，只要離開魔法屏障就不受影響。

視野再度染成純白一片，下一瞬間，樹木的綠意映入眼簾。

是幽玄樹海。儘管曾被「極獄界滅灰燼魔砲」化為一片灰燼，已經長出新的樹木了。雖然沒能完全恢復原狀，有些地方仍是荒野，這裡還真不是一座普通的樹海。

「是誰……！」

一道厲聲傳來，數名男子聚集過來。

他們穿著的制服上有帕布羅赫塔拉以及書本圖案的校徽。跟百識王多納爾多一樣，是思念世界萊尼埃里翁的人。

他們應該是正在調查幽玄樹海的異變，一看到我就立刻變得畏縮。因為他們對我所穿的外套有印象。

「看了還不明白嗎？」

他們以魔眼(眼睛)凝視，慎重地觀察我的下一步。現在米莎所持有的阿伯斯面具，同時具有雷伊與辛使用時的兩種效果。

也就是隱藏根源和改變聲音。不同於魔法，這是米莎的精靈特性所附加的效果，即使在這個第七艾蓮妮西亞裡，也一樣能充分發揮效力。只要戴上這個面具，我的真實身分就不會被識破。

「不准擅自踏入這片樹海。」

我握住藏在外套內側的二律劍，對影子畫出魔法陣。

「『二律影踏(dagudara)』。」

我一踏住樹林的影子，周圍的樹木隨即粉碎四散。正在觀望情況的其他人，全都膽戰心驚地瞪大眼睛。

「……果然……二律……僭主……回來了嗎……」

「……可是，這是怎麼回事……？為什麼他變了一個模樣………？」

「那個面具是……？跟他將幽玄樹海化為荒野有什麼關係嗎……？」

「總、總之快離開……！誰能活著回去就向百識王報告！知道了嗎！」

「「「遵、遵命！」」」

百識學院的人們紛紛四散逃離。

有人全力奔跑，有人施展「飛行」，也有人用「轉移」轉移離開。他們分別嘗試以不同的方式逃跑，大概是想藉此讓我無法鎖定目標。

不過我也沒有要追的意思。這樣一來，二律僭主還在這裡的消息就會傳開，人們也不會輕易靠近，要調查事情也會方便許多。

「——你就是二律僭主嗎？」

曾經聽聞的聲音使我轉頭看去。

「我有事想和你談談，可以嗎？」

撐著陽傘的女子——珂絲特莉亞・亞澤農就站在那裡。

§ 19 【獅子的雙眼】

我以魔眼（眼睛）看向珂絲特莉亞，窺看她的深淵。她的魔力處於平常狀態，和臨戰狀態差很多。她始終保持沉默，等待著我的回應。

她與二律僭主接觸打算做什麼？

「帕布羅赫塔拉之人禁止踏入此處。」

我對珂絲特莉亞的影子畫出「二律影踏」的魔法陣，慢慢走到她面前。然而，她一副即使被踏穿影子也無所謂的態度，毫無防備地站在那裡。

「我不是帕布羅赫塔拉的盟友。就只是伊威澤諾加盟了而已。」

「長話短說。」

「你的世界已經毀滅了吧？」

唔嗯，不清楚呢。雖然這也不是不可能的事。

「你這是肯定了嗎？」

既然她會特意來問，這大概不是眾所皆知的事情。

「隨妳怎麼判斷。」

「因為沒人知道，我便直接來問你了。關於你的事情，全是一些不可靠的謠言。不論是二律僭主的世界之名，還是這個地方，就連位在多麼深層的位置，都無人知曉。」

畢竟是與帕布羅赫塔拉敵對的不可侵領海。既然眾人會儘量避免接觸，就算大部分的人都不知情也不奇怪。

儘管根據二律僭主所使用的魔法，似乎能掌握某種程度的傾向，因為沒有符合的世界，她才推測已經滅亡了嗎？或是為了隱瞞自己出身的世界，二律僭主可能從來都不曾展現過真正的實力。

「要是這樣，那又如何？」

「你的世界有『淵』嗎？」

是我一旦沉默，她便當我肯定了吧，珂絲特莉亞繼續問：

「那是什麼樣的『淵』？世界毀滅後，『淵』也會一起毀滅嗎？還是說，就只有『淵』會留下呢？」

「妳問這個要做什麼？」

「與你無關。」

自己先開口問人，結果居然這樣回應啊？這女人還真是不論對誰都是一個樣子。

「倘若要問他人問題，起碼要先說明理由。」

我消除「二律影踏」的魔法陣。

「滾吧。」

我調轉腳步，為了完成原本的目的，將魔眼（眼睛）看向幽玄樹海。當我邁開步伐，珂絲特莉亞從我背後跟了上來。

「你生氣了嗎？」

我無視她繼續往前走後，她不知在想什麼，突然抬頭仰望天空。她收起陽傘，陽光灑落在她闔起的眼瞼上。

「災淵世界裡有一個『淵』，名叫『渴望災淵』。那裡匯集了銀水聖海的渴望，並轉變為災禍。我是從那個深淵裡出生的亞澤農的毀滅獅子。」

當我在窺看幽玄樹海的深淵時，珂絲特莉亞突然在一旁沒頭沒腦地開始訴說。

「只有雙眼的醜陋幻獸。」

她輕輕地睜開眼瞼。灑落的陽光將她的玻璃珠義眼照耀得熠熠生輝。

「你覺得這雙義眼怎麼樣？」

「很普通。」

我頭也不回地回答，可是珂絲特莉亞不知為何綻開笑容。

「對吧？」

她靜靜地閉上眼睛。

「我討厭自己，討厭我的渴望。膚淺、醜陋又愚蠢。可是，就像人會口渴一樣，我總是無法控制自己的感情。」

珂絲特莉亞輕輕觸碰自己的眼瞼。

「我真正想要的，是這雙義眼。只有它能讓我變得普通，為我藏起醜陋的野獸魔眼(眼睛)。」

她這麼說完，就像想起什麼事一樣露出惱怒的表情。漆黑粒子從她的全身冒出，殺氣迅速充斥整座森林。

當我轉身，她也跟著停下腳步。

「我不是在氣你，而是我之前遇到了一個令人火大的傢伙。」

她咬牙切齒，彷彿控制不住地吐露自己的感情。

「……那傢伙搶走我的義眼，還破壞了它。我絕對不會原諒他……」

「看來妳遇到了一個手腳不乾淨的傢伙。」

我佯裝不知情地說。

「妳就這麼憎恨毀滅獅子的魔眼嗎？」

珂絲特莉亞再度看向我。

「當然了。」

「明明是自己的魔眼？」

「這有什麼關係嗎？」

「只會招致毀滅。」

我丟下這句話繼續往前走。珂絲特莉亞遲了一會兒，依然跟在我的身後。

「不論是誰，都曾經有過想要毀掉一切的念頭吧？」

我沒有回答。

於是，她以有點微弱的語調說：

「也都曾有過討厭自己的時候。」

「我無法否認。」

這次我回答了，但她的語調不受影響地變得更加微弱。

「只是我的這種念頭，要比別人久了一點。」

珂絲特莉亞不在乎毀滅，違抗了「契約」。即使被施展「二律影踏」，也毫無防備地讓自己處於危險之中。

正如她討厭自己的發言，這應該是她過度自我厭惡所引發的行為。這跟珂絲特莉亞與生俱來的渴望有關，還是因為杜米尼克支配了她的渴望所導致的呢？

「好啦，我說了。」

她裝出一副不在乎的表情說：

「告訴我吧。要是毀滅了伊威澤諾，『渴望災淵』就會隨之毀滅嗎？」

「妳想藉此掙脫束縛自己的鎖鍊嗎？」

珂絲特莉亞困惑地歪著頭。

「什麼意思？」

唔嗯，不想說嗎？

「我覺得妳看起來是個不自由的女人。」

「如果真的有能綁住我的鎖鍊，我還想要被它綁住呢。給我戴上項圈、嚴厲地管教，這樣一來我就能變得稍微正常一點。」

根據娜嘉的說法，珂絲特莉亞應該也被杜米尼克繫上了鎖鍊，是她沒發現到嗎？雖然應該不會有人想到處宣揚自己是別人養的狗，讓我有點無法理解。

「最近我去見了母親。那個沒能生下我的母親。雖然我現在已經對她沒興趣了，這是娜嘉姊姊的吩咐，所以我姑且還是去了一趟。」

珂絲特莉亞再度突然開始自說自話。

「她生了個孩子，與他一起生活著。那個孩子就是方才我說的那個令人火大的傢伙。姊姊說我們是手足，所以要好好相處。儘管我覺得是因為那傢伙最接近完全體。波邦加也是這種態度。」

她滔滔不絕的言詞中，處處透露出她的不滿。

「他們兩個好像也想以完全體出生，我無法理解這種想法。我之前一直在忍耐，他們卻開始說什麼要讓那傢伙加入我們，讓我心灰意冷了。喂，還不行嗎？」

「什麼意思？」

「我說出理由了。」

唔嗯，我不覺得方才那些算是理由啊。

「不過只是心灰意冷了，就想要毀滅『渴望災淵』嗎？」

「你都沒在聽我說話。我明明是想要大家都無法變成完全體吧？」

總之就是在無理取鬧吧。所以她來米里狄亞世界，也單純是在幫忙跑腿。

「好，我說完了。接著輪到你了。」

「我沒說我會回答。」

我施展「飛行」往上空飛去。

「等等，你太狡猾了。」

珂絲特莉亞立刻飛著追了過來。我沒理會她，從上空環顧幽玄樹海，並與從地上觀測到的魔力流向進行對照。

「你從方才開始就在做什麼啊？」

「把傘撐起來。」

「啥？」

我將手高舉向天，對著黑穹胡亂射出「霸彈炎魔熾重砲」。

「『掌握魔手（reion）』。」

我瞬間拋下珂絲特莉亞，穿梭在蒼藍的爆炸火焰之中，以閃耀著暮色的二律劍朝燃燒的黑穹揮出一道劍光。

我立刻以「掌握魔手」的手抓住銀燈。銀光受到增幅，而我隨即搭上那陣風，來到第七艾蓮妮西亞的外側。

「『森羅萬掌（iguneasu）』。」

我將二律劍收入鞘中，再次藏在外套裡，然後以蒼白的右手抓住周圍的銀水。

我再度降落回到第七艾蓮妮西亞。當我從黑穹回到空中時，看到了一臉目瞪口呆的珂絲特莉亞。

「……你做了什麼…………？」

「我應該叫妳撐傘了吧？要下雨了。」

我以「森羅萬掌」抓住的大量銀水形成一陣傾盆大雨，傾瀉在幽玄樹海上。

「這是陽傘啦……」

她邊說邊對陽傘畫出魔法陣，在頭上展開堅固的魔法屏障。銀水之雨宛如刀刃般銳利，不斷刺在魔法屏障上並奪走魔力。銀水持續傾瀉在地面上，接連挖掘著大地。

「最近才把這裡弄成荒野，這次則是銀水嗎？你毀掉幽玄樹海打算做什麼——」

珂絲特莉亞因為眼前的景象倒抽一口氣。

生命無法在銀水中生存，這點即使是植物也不例外。可是，這片樹海就像將銀水當成養分一樣，將其化為魔力，使得樹林的枝葉眼看著迅速重生。

因為終末之火已經大半化為荒野的大地，隨即冒出許多新芽，並在轉瞬間長為樹木。

不過是一瞬間的事，過去的幽玄樹海在眼前重新復甦。

看來就跟我想的一樣。作為二律僭主地盤的這片深邃森林，就是隆克魯斯記憶中那艘橫渡銀水聖海的巨船——

樹海船愛歐妮麗雅。

§ 20 【樹海船】

我降落到樹海的深處使用二律劍的魔力。

我輕輕踩踏大地，按照在夢中看到的愛歐妮麗雅術式畫出魔法陣後，魔法陣就在這周圍一帶不斷擴大。

當我試著發動魔法陣後，隨即響起一陣「轟、轟、轟隆隆隆隆」的聲響，幽玄樹海開始震動。

看樣子似乎能發動。

「這是什麼？真有趣。」

珂絲特莉亞露出天真的笑容，同時降落在地。她一面收起陽傘一面說：

「是船呢。跟帕布羅赫塔拉一樣，也是大陸型的。不過，我還是第一次看到能將銀水轉變為魔力的船。」

帕布羅赫塔拉是船嗎？的確，畢竟它是一座飄浮大陸，就算直接飛往銀海也不奇怪。它目前會停靠在第七艾蓮妮西亞，是因為那裡是序列第一名的小世界嗎？

「你要去哪裡嗎？」

「只是試運轉。」

我這麼說著，停止供給魔力。魔法陣漸漸消去，幽幺樹海的地震停了下來。

「真沒意思。」

珂絲特莉亞當場坐下，靠在一棵樹上。

「話說回來，僭主你消失了一陣子吧？是你毀滅了福爾福拉爾嗎？」

真是出乎意料的詢問。她是認真詢問的嗎？

「伊威澤諾有什麼目的？」

「珂絲特莉亞。」

她睜開眼睛，一雙義眼燃燒著怒火瞪著我。

「別搞錯了。我是珂絲特莉亞，不是伊威澤諾，也不是幻獸機關。我已經受夠了，就連在帕布羅赫塔拉外頭都還被當成跟大家一樣。」

「那麼，珂絲特莉亞。」

「還是算了，我也討厭珂絲特莉亞。」

還真是反覆無常。這樣對話根本沒辦法進行。

「在幻獸語裡，珂絲特莉亞是指眼睛，而不是名字。」

「也就是亞澤農的眼睛，毀滅獅子的眼睛的意思嗎？」

「吵死了。」

珂絲特莉亞將陽傘丟了過來。陽傘上纏繞著漆黑粒子，破風飛向我的面具。我以單手輕易接住了它。

她的脾氣還真是火爆。假如是一般人，恐怕已經死了。

「真是令人傻眼的女人。如果這麼忌諱，自己取一個新名字不就好了？」

「這樣豈不是很悽慘嗎？簡直就像對名字感到自卑一樣。」

不論怎麼聽，都像是感到自卑啊。

「那我幫妳取一個新名字吧。」

「不需要。」

珂絲特莉亞閉上眼睛，冷冷地別開頭。我沒理會她繼續說：

「就取自於珂絲特莉亞．亞澤農，叫妳珂澤如何？」

「你沒聽到嗎？我不需要。而且這算什麼，這種隨便的名字？」

「在我的世界的古老魔法語裡，這代表人情的意思。希望妳這頭順從渴望而活的野獸，最起碼能活得像個人，是寄託這種願望的名字。」

於是，珂絲特莉亞以煩躁的表情朝我瞪來。

「你想惹我生氣嗎？」

「可是，還真是看不透呢。妳到底是來做什麼的，珂澤？」

「別擅自叫我那個名字！去死吧！」

珂絲特莉亞射出魔彈，但我伸手將其抓住，並用力捏碎。

「假如妳無論如何都想要我叫妳珂絲特莉亞，那就這麼說吧。」

珂絲特莉亞陷入沉默，注視著地面。

「…………隨你高興吧……」

她本來就不想被人叫那個名字。會提不起勁要人修正，也是理所當然的吧。

「所以？」

「什麼所以？」

珂絲特莉亞以不悅的口氣反問。

「妳的目的是什麼？」

她就這樣躺倒在地上仰望著天空，以敷衍了事的語氣說：

「……會是什麼呢？打發時間？」

「妳想找出讓福爾福拉爾滅亡的犯人嗎？」

「……我怎麼樣都好。不過帕布羅赫塔拉之後將會對學院同盟全體發出通知，要是有學院活捉主謀，就會讓他們坐上聖上六學院空出的位置。」

還真是大膽的處置。對方是足以毀滅聖上六學院之一的人物，淺層世界或中層世界的居民應該無法對抗，可是如果能和深層世界聯手，倒也不是沒有機會。倘若元首和主神能組成聯軍，將擁有相當的戰力。

畢竟沒有相應的回報，大概也會出現不願行動的小世界。反過來說，假如是能活捉主謀的世界，那他們完全有資格成為聖上六學院的一員吧。

「聖上六學院也會採取行動。娜嘉姊姊說伊威澤諾也要去找犯人，所以我就姑且來問問看了。這件事跟我們無關，明明丟著不管就好了，真像個笨蛋。」

「倘若只有伊威澤諾沒採取行動，那就像在說自己是主謀一樣。」

不難想像亞澤農的毀滅獅子們，也跟米里狄亞世界一樣受到各個世界的懷疑。

「沒有做就是沒有做。」

就是因為這個理由說不通，娜嘉才會說要去找尋犯人吧。

「或許意外地，只有妳不知情？」

「娜嘉姊姊和波邦加都一直和我在一起；伊薩克一直在睡；杜米尼克則是閉門不出。大致上來說，我們都打從心底覺得福爾福拉爾怎麼樣都好。如果我們要動手，海馮利亞的狩獵貴族首先會成為對象。」

感覺有些不太對勁。目前確定能施展「極獄界滅灰燼魔砲」的人，在帕布羅赫塔拉有我、珂絲特莉亞，以及杜米尼克。

假設亞澤農的毀滅獅子都能施展，那麼波邦加與娜嘉應該也有可能。不管是誰，他們都是伊威澤諾的居民。

從百識王多納爾多等聖道三學院的反應來看，階級低於他們的人甚至不知道這個魔法的存在。

假如還有其他可能的術者，那就是聖上六學院的人們，但不覺得他們有動機毀滅同為學院同盟的小世界。

因此，巴爾扎隆德才會懷疑起伊威澤諾。

我本來也覺得他們最可疑，然而從珂絲特莉亞的語氣來看，不覺得他們會是主謀。

如果是他們做的，根本不需要特意跑來詢問二律僭主是否為犯人。

而且，這傢伙對自己的欲望非常正直。從她方才的言行來看，似乎跟制訂計畫一點緣分也沒有，看起來不像在說謊。

關於鎖鍊的事，也跟娜嘉的說法有出入。

是只有珂絲特莉亞被瞞在鼓裡嗎？還是說，主謀其實是帕布羅赫塔拉外部的人呢？

「珂澤這名字還真怪。」

珂絲特莉亞一邊這麼說，一邊站了起來。

「這艘船什麼時候要起飛啊？」

「妳想看嗎？」

「也沒有。雖然覺得會很無聊，反正我很閒。」

珂絲特莉亞用手輕輕拍去自己制服上的泥土。

「那就讓妳見識一下吧。保證會讓妳的無聊一掃而空。」

「等你辦到了再說吧。」

珂絲特莉亞裝出不在乎的表情，畫出「轉移」的魔法陣。

「姊姊一直在催我回去實在很吵，所以我要走了。她說什麼那個火大的傢伙似乎要嘗到苦頭了。」

哦？是發生了什麼事嗎？恐怕跟帕布羅赫塔拉有關吧。

「那真是個好消息。」

我稍微用力地丟回陽傘，珂絲特莉亞彷彿嚇到似的睜大眼睛，然後抓住了那把傘。

「你想殺了我嗎？」

「我還以為這是伊威澤諾的文化。」

珂絲特莉亞在魔法陣上輕盈轉身，背對著我說：

「給我想一個更好的名字。不是隨便取的。」

「那就再見了，珂澤。」

「去死吧。」

她回過頭像是侮蔑一般伸出舌頭，然後轉移離開了。

「好啦。」

我再次對二律劍送出魔力，每次踩踏大地都會畫出發動愛歐妮麗雅的魔法陣。

想要妥善飛行，就有必要仔細調查這艘樹海船的情況。我以魔眼（眼睛）凝視，一面盡可能地俯瞰幽玄樹海，一面開始仔細窺看它的深淵。

不愧是不可侵領海二律僭主的船，要掌握其全貌還真是累人。

太陽逐漸西沉，等到我總算能操作愛歐妮麗雅時，時間已來到傍晚。

當我回到帕布羅赫塔拉一抵達魔王學院的宿舍時，便看到莎夏與辛在大廳迎接我。

這時我已經解除二律僭主的偽裝。

「有人想見您。」

辛這麼說。巴爾扎隆德與柏靈頓正和奧特露露一起在大廳內側等候。

兩人都帶著嚴肅的表情。

「看來有壞消息呢。」

「魔王學院對帕布羅赫塔拉的正式加盟要延期了。」

奧特露露以公事公辦的語氣說。

「不是說只是形式上的審查嗎？」

「有關福爾福拉爾滅亡一事，在今天召開的第二次六學院法庭會議中，結果以贊成四票、反對一票，認定阿諾斯元首為監視對象之一。」

由於全學院到齊，判決不是以全體一致，而是以多數決來決定啊？

「抱歉……我力有未逮……」

柏靈頓說。即使他一個人反對，也無法推翻決定。

「另外伴隨著此決定，帕布羅赫塔拉也會將米里狄亞世界列為監視對象。聖上六學院將派出監視者，只有在發現可疑之處時，才會為了確認證據行使強制手段。調查過程保證會公平進行。」

即使監視，他們也發現不了任何線索，不過無法輕易信任他們所謂的公平。雖說無風不起浪，他們也可能會假造不實的證據。

「所以到頭來，你們還是將我視為嫌犯之一啊？」

「不，你終究只是監視對象。相對於上次被否決的將米里狄亞世界置於支配下的提案，這算是較為輕微的處置。監視者將會是聖上六學院可信賴的人選。除非需要確認證據，否則監視者沒有任何特權，和暫時居留的旅客並無不同。至於阿諾斯元首，你在帕布羅赫塔拉內也不會受到監視。但若是外出的話，則會有人監視你。你的行動不會受到任何限制。」

假如是平時，我並不在意受到監視。然而要是被人發現我在與伊威澤諾進行銀水序列戰的途中偷偷溜走，就不知他們會對米里狄亞世界做什麼了。

「只要能證明我不是主謀就行了嗎？」

「已正式加盟的學院有權提出撤銷決議的申請。在提出申請的情況下，我們會再度邀請元首召開法庭會議，不過魔王學院目前並沒有這種權利。」

換句話說，他們為了避免麻煩的法庭會議，才延後我們的正式加盟嗎？

這會是誰想的主意呢？

「本決議的有效期間，直到找出福爾福拉爾滅亡的主謀為止，或是魔王學院退出帕布羅赫塔拉的學院同盟為止。」

雖然只要退出同盟，就應該不會再受到監視，這麼做卻會加深我們的嫌疑。除此之外還會無法進行銀水序列戰，要進入伊威澤諾會變得更加困難，所以現在不能輕易退出。

「簡單來說，就是要我們去找主謀吧。」

「倘若魔王學院也能提供協助，我們會非常感謝。當你們活捉到主謀時，將會認同你們升格為出現空缺的聖上六學院。此外，我們還會根據你們的貢獻度獻上火露，在序列的評價上加分。」

跟珂絲特莉亞說的一樣。

「有什麼問題嗎？」

「我沒有特別的問題。」

「那麼，明天的銀水序列戰，奧特露露會從帕布羅赫塔拉陪你們一同前往。」

所以監視人是奧特露露啊？

祂調轉腳步走出宿舍。

「奧特露露，我只有一件事要說。」

祂停下腳步，轉頭看向我。

「幫我向聖上六學院與監視者轉達。有膽就試著以你們自以為是的理由，讓我們世界的人民受到任何傷害吧。到時候將會是帕布羅赫塔拉的末日。」

「奧特露露會傳達的。」

祂以不帶感情的語氣說，然後這次真的離開了。

§ 21 【被綁起的命運】

「只因為能施展和主謀相同的魔法就被當成嫌犯，只能說真是令人傻眼。」

奧特露露離開不久，巴爾扎隆德便這樣說。

「甚至還延後正式加盟，讓人無法反駁，聖上六學院已經失去正義。」

「這麼說好嗎？你們的元首明明也牽涉其中。」

即使我指出這一點，他也像是早就明白似的立刻回答：

「正因為是聖王陛下的提案，我身為伯爵才必須提出異議。為了逮捕罪人，而迫使無罪之人受到不便是錯誤的。以前的海馮利亞並不是這樣。」

巴爾扎隆德全身散發義憤的氣息。在聖上六學院之一滅亡的這種危急時刻，帕布羅赫塔拉大概認為同盟對象應該要吞下受到監視這種程度的要求。

倘若能信任聖上六學院，這種決定倒是沒什麼問題。

大概也有元首會覺得，與其受到無端的懷疑，不如接受監視以自證清白會比較舒服。

「抱怨也無濟於事。總之，只要找出主謀就好了。」

巴爾扎隆德用力點頭。

「雖然會受到監視，還是有辦法暗中行動。我巴爾扎隆德一定會在伊威澤諾揭露他們的罪行。」

「這樣是很好啦，但米里狄亞世界沒問題嗎？聖上六學院的監視者雖說只會在發現可疑之處時才行使強制手段，實際上誰知道他們會覺得哪些事情可疑？尤其是帕布羅赫塔拉的小世界似乎和米里狄亞相差很多……」

莎夏不安地說。

「我會通知法里斯與米夏。原本預定要他們趕在銀水序列戰之前回來，現在不得不讓他們在米里狄亞世界待命了。」

「意念通訊」能經由延伸到米里狄亞世界的銀燈軌道傳遞。

然而，由於距離遙遠，銀水還會形成雜訊，不是一條能直接將過去的影像傳送過來的穩固魔法線。畢竟連「意念通訊」都無法瞬間傳遞到。

儘管想以創星艾里亞魯將兩千年前的露娜模樣直接播放給媽媽看，看來很難立刻做到。

「假如讓他們回來比較好，我有一個提案。」

巴爾扎隆德說：

「我就派我的部下搭乘銀水船前往吧。我以伯爵之名發誓，絕不會讓監視者們傷及米里狄亞世界一分一毫。」

「如果人選來自聖上六學院，對方也許跟你一樣是海馮利亞的狩獵貴族喔？」

「不論對方的身分為何，該做的事情都一樣。你對我與我的部下有恩，如果為了保全自己而無法盡到道義，我現在就捨棄貴族之名。」

這個男人會為了部下，挑戰實力高於自己的二律僭主。

他這番話並非謊言。話雖如此，巴爾扎隆德的部下對米里狄亞世界的情況一無所知，所以不能只依靠他們。

「辛，你帶著亞露卡娜與米莎，搭乘狩獵義塾院的船返回米里狄亞與米夏與法里斯替換，要他們回來這裡。而你們就留在那裡警戒監視者。」

雖然會減少銀水序列戰的戰力，卻也無可奈何。畢竟不是必須要毀滅娜嘉他們，只是要爭取時間的話，應該總會有辦法。

「遵命。」

辛施展「轉移」當場消失離去，前去通知米莎與亞露卡娜。

「我去準備船隻。」

巴爾扎隆德也立刻離開了宿舍。

「姊姊的病情還好嗎？」

柏靈頓仍然板著一張臉，然後這麼詢問。

「不是很好。」

我們離開大廳前往寢室。

媽媽躺在床上，爸爸正在床邊握著她的手。

「格斯塔，還是不要太常碰觸她。無力之人會被『渴望災淵』傳來的災厄侵蝕身軀。」

柏靈頓這樣警告，爸爸卻豎起大拇指回應：

「……別擔心，小舅子。就這點程度……唔……！唔咕咕……呼呼……！別擔心。這點程度根本不算什麼……！」

「……不是……你都奄奄一息了不是嗎……」

朝著驚慌失措的柏靈頓，爸爸露齒一笑。

於是我說：

「『渴望災淵』似乎會對魔力產生反應。施展反魔法碰觸的話會傷害身體，但如果是缺乏魔力的爸爸，反而就無害。」

相對地，爸爸的身體會受到類似詛咒的傷害，但這在之後也有辦法治療。

「……伊莎貝拉都病得這麼嚴重了，我最起碼也得握住她的手……沒什麼，你不用擔心……別看我這樣，我可是對痛覺相當遲鈍……！」

大概是不知該怎麼回應，柏靈頓露出險峻的表情，發出「唔……」的呻吟吁了口氣。

「……嗯……啊………」

媽媽痛苦地呻吟起來。

「伊莎貝拉……？」

「……杜米尼克……祖父大人…………」

媽媽彷彿在夢囈一般：

「我……不會生……也不會、喜歡上、任何人……一輩子、都不會……」

「沒事的，伊莎貝拉。雖然我不太懂，那都是過去的事了。我和阿諾斯都在這裡，我們都在這裡喔！所以，妳別擔心！」

「……快變回來，變回原本那個溫柔的祖父大人……」

柏靈頓與我互看一眼。

「她恢復意識了嗎？」

「很遺憾，狀況一直都是這樣。縱然偶爾會睜開眼睛，不像有意識到我們的存在。」

柏靈頓閉口不語。

「可以讓我過一下嗎？」

柏靈頓推開爸爸來到床邊，將魔眼朝向媽媽。我對就像在煩惱的他說明：

「她的意識完全被曾是露娜．亞澤農時的記憶占據了。」

「……『記憶石』應該不會造成這種情況才對……」

「也許在『渴望災淵』裡，也留下了露娜．亞澤農的記憶與感情。儘管不清楚詳細情況，應該是受到『記憶石』觸發，使得那些記憶與感情滔滔不絕地湧過來了。」

柏靈頓帶著沉重的表情開口說：

「……也就是說，現在的人格很可能會被抹去……」

「不只是現在的人格。要是這麼粗暴地持續灌輸大量記憶，恐怕連正常的記憶都不會留下。畢竟基本上無法保證這種狀況會如我們所願地結束。」

然而這是人為所致的話，那就另當別論了。

除非杜米尼克知道柏靈頓在這裡，並且清楚他何時會使用「記憶石」，否則不太可能引發這種情況。

「……應該要更強烈地喚醒記憶吧……」

柏靈頓對自己的右胸口畫出魔法陣。

他把手伸進魔法陣中，拿出一條鑲滿金粉的紅線。

二律劍產生了反應。那似乎是主神的權能。

「這是偶人的『紅線』。只要用這條線將『記憶石』與姊姊綁在一起，他們就會被命運相連，能讓她確實回想起正確的記憶。」

「缺點是什麼？」

我向柏靈頓問道。

「如果只有好處，一開始就應該使用了。」

「你說得沒錯。倘若可以，我本來不想使用它……」

柏靈頓沒再說下去，表情變得僵硬。大概是覺得難以啟齒吧。

我窺看了那條「紅線」的深淵，跟艾庫艾斯的權能有點相似。

「唔嗯，也就是連結命運的力量太強，會覆蓋掉原本的記憶吧？」

「……正是如此。傀儡皇的權能甚至能以命運將記憶綁在不同的人身上。倘若與『記憶石』連結，應該就連姊姊以外的人也會覺得那是自己的記憶。」

如果可以的話不想使用，是很合理的感情。因為要是使用了，即使媽媽不是露娜．亞澤農，也能讓她變成露娜．亞澤農。

「當然，我會努力讓她保留現在的記憶，只是我沒辦法保證。儘管如此，這應該也比讓她被源源不絕地灌輸來自『渴望災淵』的記憶來得好。只要她取回前世的記憶，學會操控災禍淵姬的力量，就能擺脫現在的危險狀況。」

「我姑且問一下，之後還能再重新覆蓋上現在的記憶嗎？」

「最初連結的命運最強。雖然能反覆嘗試，姊姊的根源恐怕會承受不住。」

只要使用「紅線」，就能期待病情會暫時好轉。然而，媽媽很可能會忘記今世的事，包括我和爸爸，以及至今以來的生活。

現在還有時間。

先繼續觀望情況，前去毀滅懷胎鳳凰也許是最好的辦法。

或是——

「那個『紅線』能同時綁住兩個以上的對象嗎？」

「……傀儡皇貝茲禁止這種行為。假如讓多個命運交織在一起，就連稱為『紅線偶人』的這個身體也會變得難以控制。」

「也就是做得到吧？」

「……是做得到…………？」

柏靈頓疑惑地注視著我。

「那就連同『記憶石』將我與爸爸的根源一起綁住。我們會呼喚媽媽，避免她忘記現在的記憶。」

配合「記憶石」裡露娜・亞澤農的記憶，從我與爸爸的記憶中連結伊莎貝拉的過去。這樣一來，現在的記憶就不會消失。

「……風險很大……我無法保證一定能成功……」

「那『紅線』的事就算了。媽媽要是醒著，也不會說要捨棄記憶。絕對不會。」

儘管我這麼說，柏靈頓卻沒有點頭。

「可是這樣一來……姊姊她……」

「無論如何，假如不毀滅懷胎鳳凰，就無法安心。我們明天就會前往伊威澤諾，只要在媽媽的病情惡化之前，先見到杜米尼克就好。」

柏靈頓陷入沉思，發出呻吟般的嘆息。

「……如果只綁住『記憶石』與阿諾斯兩個人如何？這樣萬一『紅線』失控，你應該也有辦法對付。然而對格斯塔來說，負擔會太重……」

「不行。我與媽媽共度的日子還不到一年，她大部分的回憶都跟爸爸一起。」

要保住現在記憶的關鍵，就在爸爸身上。就算多少有點危險，也必須讓他來才行。

「要不就是兩人都綁住，要不就是放棄使用『紅線』。」

「……我知道了。我就試著加上你們兩人一起綁住吧。雖然和平時不同，可能會耗費更多時間，仍舊十分有可能緩和症狀……」

我拿起置於床邊的「記憶石」。

當柏靈頓對「紅線」送入魔力後，它便輕飄飄地在空中伸長，並綁在「記憶石」上頭。

「我會儘量不讓格斯塔承受負擔，但千萬不要勉強自己。對魔力弱的人類來說，這會帶來強烈的痛苦。唯一能依靠的只有心靈。一不小心，反倒會被『記憶石』的記憶所吞噬，即使身體還在，意識也會無法再度歸來。」

柏靈頓提醒似的警告。

可是爸爸露出一如往常的樂天笑容，用力地豎起大拇指。

「沒什麼，別擔心我。我說過了吧？我對痛覺可是很遲鈍喔。在鍛劍時不小心敲到自己的手，可不是一兩次的事。」

爸爸，這不是值得自豪的事。

「而且，伊莎貝拉明明正在受苦，我怎麼能被這種程度的事情嚇到呢？」

爸爸就像理所當然似的說。柏靈頓既然會特地提醒，就表示那應該會非常痛苦。也有很大的風險。

不過，我並不擔心。

我的父親現在比任何人都還要弱小，但也比任何人都還要強大。

「那麼——」

柏靈頓的指尖送出魔力。

隨之而動的「紅線」蠕動起來，穿過我的身體綁在我的根源上。它也同樣綁在爸爸的根源上，最後與媽媽連結。

「連結他們的命運吧，偶人的『紅線』啊。」

「紅線」散發出有如金箔飛舞的神聖魔力，「記憶石」開始作為命運與我們連結。

在我與爸爸，以及媽媽的腦海裡，古老的記憶清晰地浮現——

§ 22 【海因利爾勳章】

一萬七千年前，鍛冶世界巴迪魯亞——

天空正下著雨。

眼前布滿濃霧。不對，那不是霧，而是煙。

不計其數的鍛造工房排放出來的煙籠罩巴迪魯亞，遮蔽了視野。

假如是鍛冶世界的鐵火人，便能憑藉四處響起的魔鋼鍛造聲掌握自己現在的位置，不過災淵世界出身的露娜做不到這種事。

她耳中響起的，是在故鄉已經聽到厭煩的不祥雨聲。她一面奔跑一面壓抑心中那股不祥的預感。腳冷不防地陷入了泥濘裡，使她摔在地上。

「……啊……嗚…………」

在那個水窪裡，她彷彿看到了自己。得知自己生下的孩子將會是亞澤農的毀滅獅子後，露娜就一直閉門不出。

我不能讓祖父大人如願；我不能生下小孩；我不能喜歡上任何人。她一次又一次地提醒自己，一次又一次地打消念頭。

儘管如此，潛藏在心中的渴望始終不肯消失。

我不需要什麼特別的事物，只想要一個平凡的家庭。

「……我得快一點。船就要開了……」

露娜站起身，再度跑了起來。

一直以來——

她都在扼殺腦中無限湧出的渴望，一次又一次地拚命扼殺。

——妳的孩子將會成為毀滅銀水聖海的獅子。

想起祖父的話語，露娜不斷提醒自己：

不能實現這個夢想。

亞澤農的毀滅獅子——其可怕之處，只要是伊威澤諾的居民都十分清楚。

據說牠是一頭絕對不能遇見的幻獸。

據說牠是一場絕對不能釋放的災厄。

有時毀滅獅子會從「渴望災淵」影響外界。即使那是十分微小的力量，也會是對世界造成重大影響的大災害。

數千年前，從「渴望災淵」稍微伸出的毀滅之爪，就削掉了一半的伊威澤諾。

眾多的神族毀滅，秩序扭曲，世界陷入極度的混亂。自此以來，災淵世界的雨就再也沒停過。一隻爪子就造成如此災難，還未擁有肉體就能帶來這種影響。

要是牠獲得肉體，被解放到這個世界上，那麼究竟會散布多麼可怕的災害，令人完全無法想像。

與所愛之人結合，生下他的孩子。即使貧困也能一家和睦，過著安穩和平的生活。對災禍淵姬來說，這種夢想無疑是一種大罪。

她的孩子絕對不會帶來平穩。

然而，即使如此——

即使這是無法挽回的罪過，祖父杜米尼克說的也許是事實。

渴望不會消失。

即使知道夢想無法實現，這份渴望也仍舊折磨著她。

千年以來，露娜一直在與自己的渴望交戰。

然後，她遇見了他——一名迷失到伊威澤諾的幼童。這或許是惡魔的誘惑吧。

像是在想要小孩的露娜背後推一把，與小孩子的交流強烈地喚醒了她的渴望。

露娜向他坦承情況。那個孩子說：「要放棄還太早了。」他年紀雖小，卻很聰明，也像露娜一樣背負著重大的宿命。

唯一不同的是，這個孩子從不對自己的宿命感到悲觀，而是持續與命運對抗。

「一定會贏的。」他說。很不可思議地，她也開始覺得自己能與命運對抗。露娜借助他的力量，偷偷逃離了伊威澤諾。

那個孩子前往了自己的戰場。而她也為了戰鬥，獨自來到鍛冶世界巴迪魯亞。如果是目前停留在這裡的貴族，或許就能成為露娜的助力。

「呼……呼……找到了……！」

她攀登上一座險峻的高山後，看到了一座船埠。銀水船涅菲斯就停泊在那裡。

這裡是一般人禁止出入的區域。由於走正規路徑，巴迪魯亞的士兵們會將她攔下，她選擇從後方攀登到這裡。

「啊……」

露娜看著船隻低呼一聲。

船錨正在升起。

銀水船涅菲斯即將出航了。

「等等……請等一下……男爵大人……！」

露娜跑了過去，同時朝著銀水船大喊。船一旦出航，就再也沒有機會見面。

露娜並沒有能穿越銀水聖海的方法。

「男爵大人，請看一下這個……！」

露娜從懷裡拿出一枚勳章，高高舉向緩緩升空的船。勳章上有著五把劍的圖案。

「退後，女人。妳是從哪裡闖進來的？」

「要是繼續靠近，別怪我們對妳不客氣了。」

發現到露娜的士兵們紛紛聚集過來。露娜一下子就被他們抓住，臉被壓在地面上。

「拜託了！請放開我。我有事要和男爵大人說……！請將這個勳章……」

「閉嘴！妳以為我們會讓像妳這樣可疑的人去見男爵殿下嗎？」

士兵拔出聖劍抵著露娜的脖子。

「是誰派妳來的？意圖接近男爵殿下的目的是什麼？」

露娜無法回答。即使她說出事實，士兵們大概也不會相信。

「我只願意和男爵大人說。」

「哦？是嗎？那麼在妳願意開口之前，我就一根根砍下妳的手指。壓住她。」

周遭士兵用力壓住露娜的身體，強行讓她張開手掌。聖劍的尖端抵在拇指上，微微滲出了血絲。

「首先從拇指開始。」

露娜渾身顫抖，同時緊緊閉上眼睛。她拚命壓抑魔力，以防沉睡在體內的「渴望災淵」開啟。

士兵揮下劍。

「…………！」

「……什麼…………？」

目瞪口呆的驚呼流洩而出。

沒有痛楚。

當露娜睜開眼睛時，眼前是一把折斷的劍身。

「我無法贊同這種暴行。她說不定也有自己的理由。」

一名金髮男子緩緩降落，橫越過銀水船前方。他身穿貴族風格的莊重服裝，手中握著一把透明的聖劍。正是他用這把劍，打斷了士兵的劍。

「退下吧。她似乎有事找我。」

「遵、遵命！」

雷布拉哈爾德靜靜落地，緊接著走向露娜。士兵們一放開她，便退開讓出道路。

「抱歉讓妳受到這種粗暴的待遇，但請不要責怪他們。他們也是在執行職務。」

「……不，是我擅自闖入不對……」

貴族男子伸手扶起露娜的身體。

「請問您是海馮利亞的五聖爵，雷布拉哈爾德・弗雷納羅斯男爵大人嗎……？」

在銀水聖海，元首並非以世襲制來決定。

這點在聖劍世界海馮利亞也沒有例外。聖王之子不會被稱為王子，待遇也跟其他狩獵貴族相同。雷布拉哈爾德雖是現任聖王的親生子嗣，由於聖王無論出自於哪個家族，都會以海因利爾為名，他們的姓氏才會不同。

「是我沒錯。妳找我有事嗎？」

露娜點了點頭，像是下定決心地說：

「我是伊威澤諾的幻獸機關，所長杜米尼克的孫女，名字叫做露娜。」

雷布拉哈爾德瞬間露出嚴峻的表情。

「我有事想拜託男爵大人……」

雷布拉哈爾德立刻伸手制止她，轉向士兵們。

「你們能退下嗎？」

「是，遵命。」

所有士兵們紛紛離開船埠。當雷布拉哈爾德發出「意念通訊」後，銀水船涅菲斯也隨即升空。

等屏退他人後，他才再度向露娜說：

「抱歉，我們與伊威澤諾的關係就跟妳也知道的一樣。這些話要是被其他人聽見，我難保妳的生命安全。」

露娜點了點頭。

「我都不知道幻獸機關的所長有個孫女，妳找我有什麼事嗎？」

「……我從某人那裡聽聞了男爵大人的事，他說你應該會幫助我……」

露娜一面這麼說，一面將方才的勳章拿給雷布拉哈爾德看。他用魔眼（眼睛）看著那枚勳章，確認到那是真的。

然後，他以一種混合了悲傷與溫暖的聲音溫柔地問：

「妳送了傑因最後一程嗎？」

露娜露出一副錯愕的表情。於是，雷布拉哈爾德顯得有些困惑地歪著頭。

「……妳知道這是什麼嗎？」

露娜左右搖了搖頭。

「我並不清楚……那個……這本來不是我的東西……」

「……這樣啊……」

就像在哀悼死者般，雷布拉哈爾德向那枚勳章獻上了祈禱。

「請問……？」

「這個叫做海因利爾勳章，是聖王陛下所賜與的東西。狩獵貴族有將遺言留在這上面的習俗，我的故友傑因的意念與話語就刻印在上頭。他希望我能幫助他轉讓這枚勳章的人。」

雷布拉哈爾德接過勳章。耀眼的光粒子從中散發出來，飄蕩在他的周圍。彷彿勳章在向他說話一樣。

「妳似乎是從一名強大的幼童手中收下這枚勳章的吧？他說只要帶這枚勳章來找我，我就會成為妳的助力。」

「……你怎麼知道……？」

「這是『聖遺言(baselam)』，海馮利亞的魔法。狩獵貴族在毀滅之前，能以那股力量將意念留在遺物上。這上頭留有傑因的意念，他說自己受到了那個孩子無法以生命償還的恩情。那個孩子是誰呢？」

露娜困惑地搖了搖頭。

「……我不知道他的名字。那個孩子說我最好不要知道……當作我們從未見過……」

「難怪『聖遺言』也沒有留下他的名字……他可能也對傑因說了同樣的話……」

勳章上的光倏地消失。

「我無所謂。妳是傑因的恩人轉讓這枚勳章的對象。不論那個對象是誰，即使是宿敵伊威澤諾的居民也一樣，我以五聖爵之一雷布拉哈爾德．弗雷納羅斯之名發誓，必定會向妳展示我身為狩獵貴族的正義。」

雷布拉哈爾德輕輕握住勳章說：

「妳說有事想拜託我吧？」

露娜點了點頭。

「我聽說在遠古時代，海馮利亞的勇者曾經斬殺過亞澤農的毀滅獅子。當時他使用了一把能斬斷任何宿命的聖劍。」

那是海馮利亞的象徵，靈神人劍伊凡斯瑪那的傳承。

「……我……是會生下亞澤農的毀滅獅子的災禍淵姬……我的胎內與『渴望災淵』相連在一起……」

雷布拉哈爾德難掩他的驚訝。因為亞澤農的毀滅獅子是如何誕生的，是狩獵貴族們至今一直不得而知的祕密。

這件事要是宣揚開來，海馮利亞恐怕會動員所有獵人群起獵殺露娜。

儘管如此，她也只剩下這個方法了。

她握緊拳頭，就像賭上一絲希望一般說：

「拜託了……男爵大人。請您……請您用靈神人劍，斬斷這個宿命吧……！」

§ 23 【船開始降落】

隔天——

在銀水聖海上，魔王列車沿著鋪設好的銀燈軌道前進，目的地是災淵世界伊威澤諾。

奧特露露在司機室後方說：

「我們即將進入災淵世界的暗雲，之後會由奧特露露帶路。」

祂筆直走向司機室的門。

耶魯多梅朵頭也不回地說：

「司機室，解開門鎖吧。」

「收到。解開門鎖。解開完畢。』

奧特露露打開車門，毫不遲疑地躍入銀海。還以為祂會直接以肉身飛行，祂卻彷彿被銀水吞沒一般開始下沉。

緊接著，遠方出現一道藍色的影子。那道影子以驚人的速度接近，顯露出巨大的身軀。是銀海鯨魚。

牠讓奧特露露搭乘後，從背上噴出的藍泡便將祂包住，形成了一道結界。

過沒多久，眼前的銀水開始變得黑暗混濁，就連銀燈的光芒都被黑暗吞沒，視野幾乎完全消失。

銀海鯨魚猛然加速，游進那片黑暗之海裡。以牠體表散發的藍光為指引，魔王列車將銀燈軌道延伸過去。

『阿諾斯。』

經由銀燈軌道，米里狄亞世界傳來了「意念通訊」。

聲音的主人是米夏。

『找到賽里斯與露娜的痕跡了。』

雖然花的時間比預想得還要久，這應該能作為一種預防措施吧。

「這邊即將進行銀水序列戰了，你們直接過來伊威澤諾。柏靈頓的『紅線』雖然暫時穩定了媽媽的病情，情況還不容樂觀。」

『那就讓我們以傑里德黑布魯斯的最快速度，美麗地趕赴現場吧。』

法里斯的聲音響起。

倘若是傑里德黑布魯斯的最快速度，抵達這裡應該用不了太多時間。話雖如此，他們依舊趕不上銀水序列戰開始的時間。儘管這是出發前就已經知道的事。

『序列戰沒問題嗎？』

「別擔心，必要時就算少了我，也一樣能擊潰伊威澤諾。」

「別強人所難了啦……」

司機室裡的莎夏就像在抱怨一般地說。

『我們會加快速度，請等著。』

米夏這麼說完，「意念通訊」就被切斷了。

「好啦，就如同你們聽到的一樣，米夏與法里斯確定會遲到。辛、米莎以及亞露卡娜要守護米里狄亞世界，無法參加序列戰。」

我在司機室的王座上向各室所的部下們宣告：

「要以現有的戰力，壓制亞澤農的毀滅獅子們。」

結界室的艾蓮歐諾露立刻說：

「嗯～這樣情況是不是有點嚴峻啊？我們的戰力不只是減半，阿諾斯弟弟也完全不會參與序列戰對吧？」

抵達伊威澤諾後，我會去見杜米尼克並毀滅懷胎鳳凰。銀水序列戰不得不只靠剩下的部下們奮戰到底。

「也不必太緊張，目的是要爭取時間。」

「話雖如此，娜嘉、珂絲特莉亞與波邦加，光是我們所知的亞澤農的毀滅獅子就有三個人耶……」

莎夏陷入沉思一般用手輕觸嘴唇。

「要是米夏不在身邊，我也沒辦法施展『終滅日蝕』。」

「這會是一場不錯的訓練。光是打會贏的比賽，沒辦法獲得成長。」

「就算你這麼說……要是不小心輸掉，使得阿諾斯不在現場的事情曝光，他們會立刻察覺到你正在伊威澤諾偷偷做些什麼事吧？我們現在就已經被人懷疑是福爾福拉爾滅亡的主謀了，這樣會導致我們的處境變得越來越不利吧……」

唉，情況確實會變得比現在還麻煩吧。

「這裡有個對亞澤農的毀滅獅子很熟悉的人，去請教他戰鬥方式吧。」

我向裝飾在司機室內的梅帝倫畫作送出魔力，解除事前施展的「變化自在」。接著畫上除了小老虎外，還多出數名男子的畫像。

「奧特露露已經離開了，你們可以出來了。」

我輕輕勾了勾手指，畫中的男子們就一躍而出。

「狩獵野獸不能用一般的方式，只能在獵場上學習。」

巴爾扎隆德這樣說。

他的身後站著兩名狩獵貴族，是他的部下。既然會帶他們來到這裡，就表示應該都是高手。他們裝備著鎧甲、聖劍與弓箭。

「既然如此，我巴爾扎隆德．弗雷納羅斯伯爵就留在列車上，傳授你們狩獵毀滅獅子們的方法吧。」

「那誰要去找福爾福拉爾滅亡的主謀？只靠你的部下，有辦法調查災淵世界嗎？」

「即使不去調查，我心裡也早已有底。是杜米尼克親信的狂獸部隊。那些讓發狂幻獸附在自己身上的幻魔族們，涉及福爾福拉爾滅亡的可能性很高。只是要設下陷阱捕捉他們的話，待在列車上就夠了。」

所以他判斷，不論凶手是杜米尼克還是毀滅獅子們，犯人都不會只有一個吧。在捉到人後，只要逼他們招供，便能知道主謀是誰。

只要得知主謀的身分，之後只需要舉聖上六學院的全力圍剿他就好。

「難保不會發生不測之事。」

「拖延銀水序列戰的時間，是作戰成功的第一條件。就目前來說，沒有比亞澤農的毀滅獅子更大的威脅。」

他很清楚除了杜米尼克，娜嘉他們會是最大的障礙吧。

這時柏靈頓走向前來。

「我有個提案。讓此人和狩獵貴族一塊兒行動如何？」

畫中再度躍出一道身影。

他穿著一套被黑暗纏繞的全身鎧甲。儘管鎧甲處處都有諸如關節部位的縫隙，卻看不到肉身的手腳，彷彿是黑暗穿著鎧甲一樣。

「這是我們人型學會製作的暗殺偶人，是專門為了祕密行動設計的魔法人偶。」

唔嗯，還想說他帶了什麼大行李進來，原來是這個啊？

為了不被奧特露露發現，我很快就將他們藏進梅帝倫的畫作裡。不論是狩獵貴族的兩人，還是這個暗殺偶人，都是第一次靜下心來好好看著他們。

「負責操控偶人的是魯澤多福特的軍師雷科爾。他是最得我信賴的心腹。」

「…………」

雷科爾不發一語，只有點頭示意。

不愧是暗殺偶人，完全窺看不到這個黑暗全身鎧甲的深淵。不僅如此，明明是這麼引人注目的模樣，存在感卻稀薄到經常讓人忽略。

如果是由熟知災淵世界的柏靈頓陪同兩名狩獵貴族一起調查，戰力毫無疑問十分充足。

「那麼，有關主謀的調查，就加上人型學會的軍師雷科爾，總共三人一塊兒進行。這樣可以吧？」

巴爾扎隆德點頭同意。

「沒問題。」

「我們會在銀水序列戰時，瞞著幻獸機關製造機會讓你們暗中離開戰場。在那之前，你們就先待命吧。我和柏靈頓會帶著媽媽，先去找出杜米尼克。」

「我知道了。」

柏靈頓以霸氣十足的聲音回答。

「對了，話說回來──」

我向巴爾扎隆德問起一件忽然很在意的事。

「雷布拉哈爾德曾經見過災禍淵姬嗎？」

「……就我所知沒有……關於災禍淵姬的情報，海馮利亞也不怎麼多……」

一旦知曉災禍淵姬會生下亞澤農的毀滅獅子，海馮利亞的狩獵貴族們就會群起追殺她。

為了保護露娜・亞澤農，雷布拉哈爾德一直守護著這個祕密吧。然而，媽媽至今仍然還是災禍淵姬。

雷布拉哈爾德難道沒辦法以靈神人劍斬斷這個宿命嗎？

『阿諾斯元首，我們即將進入伊威澤諾的銀泡內。』

奧特露露傳來「意念通訊」。轉頭望去，就見擋在前方的暗雲正形成漩渦，在其中心空出一道缺口。

在呈現隧道狀的暗雲對面，能看到銀燈的光芒。

平時這層暗雲會像結界一樣覆蓋住災淵世界，讓外側世界的人無法進入吧。

「連結軌道吧。」

耶魯多梅朵說。

「收到！連結軌道！」

銀色軌道筆直地延伸，進入到小世界所散發出的銀光中。

「軌道連結完畢！」

「響起汽笛。」

魔王列車發出尖銳的汽笛聲，繼續直線前進。不久後，眼前被染成一片銀色。

只要穿過這裡便是黑穹了。

然而，與其他世界不同，這裡正在下雨。

覆蓋住銀泡的那層暗雲，正朝著小世界的內側一直淅淅瀝瀝地下著雨。

「固定軌道。」

「收到。軌道固定完畢！」

朝著行進方向不斷延伸的軌道被固定下來。

「脫軌。」

「收到，脫軌！」

車輪脫離了銀色軌道。

魔王列車在空中行駛，緊跟著銀海鯨魚往黑穹下降。

「奧特露露，有兩名預定參與銀水序列戰的人會晚一點到。」

『有兩種選擇。可以派人代理，或是途中參加。由於魔王學院沒有代理人選，這次只能選擇後者。不過，如果銀水序列戰在他們抵達之前結束，他們便無法參與。』

「這樣也無妨。」

『了解。奧特露露會通知伊威澤諾在銀水序列戰結束之前都不要隱藏銀燈。事前都已經確認好規則，這樣就能確保從外側進入的道路了。』

『能看見了。』

奧特露露說。

穿過黑穹後，眼前隨即出現藍天。儘管天空晴朗，卻一直下著綿綿細雨。

根據媽媽的記憶，伊威澤諾沒有一天不下雨。看來這裡從一萬八千年前就不曾變過。

將視線投向地上之後，能看到一片無邊無際的廣大湖泊。正確來說，是受到雨水侵蝕而形成的巨大水坑——「渴望災淵」。

那裡就是暫時的目的地。既是幻獸機關研究塔的所在位置，而杜米尼克也在那裡。魔王列車越過那個水坑，繼續向前行駛。

『即將抵達了。那裡就是這次銀水序列戰的舞臺。』

銀海鯨魚再度加速。奧特露露前往的方向上，能看到六座高山。是火山。目前正在噴發當中。

火山口噴出岩漿與火山岩塊，在飛上高空後紛紛往地面墜落。

當然，那不是普通的火山。火山噴發時伴隨著魔力。
「不等噴發結束再開始嗎……？」
莎夏說。
奧特露露立刻回答：
『沒問題。邪火山格魯德海夫是幻獸的一種，據說牠一年只會停止噴發幾次。』
「喔，這樣啊……」
位於遠處的銀海鯨魚從背上噴出有如螢火般的翠綠光芒——火露。
緊接著，這些火露開始被吸往一個地方。突然間，一隻巨大烏龜從火山的陰影中現身。其全身都是由岩石所形成，火露眼看著被迅速吸入烏龜的甲殼裡。
『那是隕石幻獸災龜澤瓦多隆。牠是伊威澤諾的船。』
災龜浮在半空中。儘管距離相當遠，牠的龐大身軀看起來仍然十分巨大。
『歡迎來到伊威澤諾。你覺得故鄉的風景怎麼樣啊？』
災龜傳來「意念通訊」。聲音的主人是伊威澤諾的代理元首娜嘉。
『雖然我也想款待重要的兄弟，我不能讓你待太久。能讓我快點結束嗎？』
「隨妳高興——假如妳做得到。」
魔王列車降低高度，停靠在火山山頂附近。奧特露露已經交付魔王學院方的火露，裝載在貨物室裡。
「即刻起將進行米里狄亞世界的魔王學院與災淵世界伊威澤諾的幻獸機關，兩者之間的銀水序列戰。」

奧特露露飄在伊威澤諾的上空——魔王列車與災龜的中央位置——畫出一道魔法陣。

「作為舞臺的伊威澤諾受到的損傷，將不予追究。只要遵從帕布羅赫塔拉的理念——銀海的秩序，我們將能抵達深淵之底。」

奧特露露將巨大發條插進魔法陣裡。當祂用雙手轉動發條後，紺碧之水便從中湧出。波濤起伏的水面宛如一層薄簾，覆蓋住廣大的範圍，構築出銀水序列戰的結界。

「首先必須瞞過奧特露露和他們的魔眼（眼睛），暗中離開這道結界才行。雖然最好趁戰鬥混亂時離開，你有什麼計畫嗎？」

柏靈頓問。

「…………」

暗殺偶人雷科爾不發一語。

「最好還是先等到序列戰變得激烈之後再行動。」

一名狩獵貴族如此說。

「我應該說過會製造機會。你們前往最尾端的彈射室吧，就快到了。」

「……就快到了…………？」

柏靈頓露出疑惑的表情——就在這個瞬間——

一道遠比災龜還要巨大的影子，覆蓋住整個邪火山格魯德海夫一帶。

奧特露露仰望上空以神眼（眼睛）凝視，蒼蒼鬱鬱的樹林大陸飄浮在空中。那個是樹海。

「……該不會……那是幽玄樹海……？」

「……竟然是愛歐妮麗雅……？雖然曾經聽過傳聞，它竟然還能飛嗎……」

柏靈頓與巴爾扎隆德忍不住發出驚呼。樹海船愛歐妮麗雅沒有減低速度，而是朝著伊威澤諾的巨大水坑——「渴望災淵」降落而去。

伴隨著震耳欲聾的水聲，猛烈竄起一道足以連結天地的水柱。

§24 【雙神編制】

在這瞬間，能清楚知道災龜澤瓦多隆的魔眼（眼睛）完全被衝進「渴望災淵」的樹海船愛歐妮麗雅引走了。

裁定神奧特露露也對不可侵領海闖入展現最大限度的警戒，謹慎地窺看著對方的深淵。

他們的魔眼完全不在魔王列車上。

「走吧。」

在我開口之前，操控暗殺偶人的軍師雷科爾率先展開行動。接著，柏靈頓與兩名狩獵貴族也開始行動。

他們在以暗殺偶人的「變化自在」變得透明後，從最尾端的彈射室飛了出去。

他們降落在邪火山格魯德海夫之後立刻奔馳而出，四人眨眼間就遠離序列戰的舞臺。

『阿諾斯，你的本體在哪裡？』

柏靈頓傳來「意念通訊」。

這個身體是我請他幫忙製作的魔法人偶。他不枉費被稱為人型學會的人偶皇子，這個人偶精巧到幾乎跟人體毫無差別。就連目前正在以「思念並行附身」操控的我，都完全不覺得在操控人偶。

而且還請艾蓮歐諾露放入了仿真根源，即使是魔眼優秀之人，也得耗費不少時間才能看穿，就連奧特露露都沒能發現。

「趁著愛歐妮麗雅降落的時候，我已經抵達『渴望災淵』了。」

正確來說，操控愛歐妮麗雅的就是我的本體。爸媽也在這一邊。

『……那個果然是你計畫的嗎……？』

柏靈頓投來疑問。接著，司機室裡的巴爾扎隆德開口問：

「你是怎麼把二律僭主引出來的？」

「我在救你的時候，曾經跟他一起玩過球。因為他說他也有事要來伊威澤諾一趟，我就將情報洩露給他了。假如與帕布羅赫塔拉敵對的不可侵領海過來，不論願意不願意，他們都無法避免地得去對付那邊的情況。」

相對地，潛入研究塔的柏靈頓他們也會便於行動。

「他說不定會反過來成為我們的阻礙。也有讓災人伊薩克醒來的風險。」

「既然都特地跑來伊威澤諾了，二律僭主的目的就不會是我們。好好利用他作為誘餌，柏靈頓。要是災人伊薩克醒來，研究塔就會分出人手去對付那一邊的情況，會使得潛入變得更容易。」

到頭來，就算他會醒來，以這種程度來說，可能性應該還很低。即使他醒來，也有方法對付。否則娜嘉也不會說要繼續進行序列戰。

『……的確，這對我們來說是很好的機會。讓姊姊康復最重要，我們會趁著這陣混亂，迅速潛入研究塔。』

柏靈頓這樣說。緊接著，其他人的「意念通訊」傳了過來。

『阿諾斯元首、娜嘉代理元首，奧特露露有個提案。』

裁定神持續在上空注視著沉入「渴望災淵」的樹海船愛歐妮麗雅。

『侵入災淵世界的船，是二律僭主所有的樹海船愛歐妮麗雅。根據帕布羅赫塔拉學院條約第四條，面對不可侵領海應當由聖上六學院的元首和主神負責對付，但伊威澤諾的元首和主神都正在沉睡。』

即使祂醒著，我也不覺得祂會遵從帕布羅赫塔拉的條約。畢竟祂是個會因為一時興起就輕易毀滅一個世界的災人。無論如何，這樣柏靈頓就有理由來伊威澤諾了。縱使現在立刻現身會顯得很不自然，只要當作是搭乘傑里德黑布魯斯過來的，他之後的行動就會方便許多。

『奧特露露希望幻獸機關與魔王學院能結合雙方的力量，一同對付目前的狀況。為了廢除銀水序列戰的「裁定契約」，想請雙方同意。』

「我無所謂。」

當然，就帕布羅赫塔拉的立場來說，他們不得不作出這種判斷。

首先應當以對付外敵為優先。一旦事情演變成這種情況，在排除二律僭主之前，我們都能光明正大地待在災淵世界。而且，他們絕對找不到二律僭主。

因為我只要拿掉面具就好。我能假裝在尋找二律僭主，光明正大地行動。要是伊威澤諾同意，我們也就不需要以少量的戰力進行銀水序列戰了——

『幻獸機關反對。讓他們在伊威澤諾任意行動會讓我方感到很困擾。』

娜嘉如此傳來「意念通訊」。

事情果然沒這麼簡單。認為我會假裝尋找二律僭主，跑去與杜米尼克見面是很自然的想法。對娜嘉來說，無論是我還是二律僭主，都是她想儘快趕出伊威澤諾的麻煩人物。

『如果魔王學院退出，伊威澤諾會自行處理喲？』

「要我們退出也無妨。假如能算作妳輸的話。」

『你明知我不會答應這種要求吧？』

根據「裁定契約」的內容，只要魔王學院贏得銀水序列戰，她就要帶我去見杜米尼克。

娜嘉不可能會答應。

「很抱歉，不巧我們也沒時間了。二律僭主是將第七艾蓮妮西亞的一部分占為領土的傢伙。倘若要等你們趕走他，天知道要花上多少年。」

『我就知道你會這麼說。』

娜嘉沒顯得特別困擾地說：

『奧特露露，我不會廢棄「裁定契約」，就這樣照常進行銀水序列戰。二律僭主會由幻獸機關的所長杜米尼克負責對付。』

『了解。奧特露露會重視雙方學院的意向，向其他聖上六學院請求支援。目前聖劍世界海馮利亞已給予答覆。聖王雷布拉哈爾德率領的狩獵義塾院，大約預計會在一小時後抵達伊威澤諾。』

雖然在不可侵領海闖入的狀況下繼續進行銀水序列戰，難以說是明智的判斷，奧特露露也許只能依循自身的秩序按照規則行事。

只不過一小時嗎？比我預期得還要快。

是剛好就在附近嗎？還是說，他們事前就料到伊威澤諾可能會發生什麼事嗎？

假如不能在海馮利亞抵達之前解決事情，很可能會演變成麻煩的局面。

『我們不需要支援。伊威澤諾的事，我們會自己處理。』

『要求遭到駁回。根據帕布羅赫塔拉學院條約第四條，關於不可侵領海，聖上六學院有權介入其他小世界。』

帕布羅赫塔拉對法律很嚴格。倘若想拒絕，大概只能退出學院同盟了吧。

『還是一樣不知變通呢。我知道了。那我們就在一小時內解決掉魔王學院，然後幫你們趕走二律僭主吧。這樣祢就沒意見了吧？』

唔嗯，口氣很大呢。

『來吧，阿諾斯。我會教導在泡沫世界長大的你，毀滅獅子的戰鬥方式。』

巨大岩龜澤瓦多隆的魔眼（眼睛）亮了起來，其視線落在魔王列車上。就像捕捉到獵物一樣，災龜緩緩地靠了過來。

「咯咯咯咯咯！」

伴隨著耶魯多梅朵的笑聲，魔王列車急遽升空，開始接近災龜。

「真是有趣不是嗎！請妳務必教導我們那個戰鬥方式！那究竟能否成為魔王的力量，就讓本熾死王來親自確認吧！」

『我沒要找你。』

珂絲特莉亞出現在災龜的甲殼上。她打開陽傘，在上頭畫出一道魔法陣。

「安妮妹妹。」

「嗯！」

在魔王列車的結界室裡，艾蓮歐諾露立刻與安妮斯歐娜連起魔法線，施展出「根源降世母胎」。隨著白鸛的羽毛飛舞，她的魔力開始無限增幅。

「絕不能展開結界。」

巴爾扎隆德發出忠告。他為了觀察戰局，這時已經移動到魔眼室了。

「珂絲特莉亞能施展『災禍相似交換（bashuttsu）』。只要屬性相同或形狀相同，她便能將具有相似關係的對象交換位置。至於是否相似，大都取決於她的主觀看法。一旦展開結界，就會立刻被交換成攻擊魔法。」

珂絲特莉亞在陽傘的魔法陣上聚集漆黑粒子，同時將臉朝向這邊。她之所以沒有先發制人，大概是目的就如同巴爾扎隆德說的一樣吧。

「可是，如果不施展『聖域白煙結界』抵擋攻擊，會無法支撐太久喔？」

「最好讓列車本身變得更堅固。她無法將視為相同物體的東西分離出來進行交換。」

「我對非人體方面的創造魔法不太行喔。要是米夏妹妹或法里斯在的話就好了，可是就連米莎妹妹也不在──哇……！」

魔王列車突然劇烈晃動，火山口噴出的火山岩塊打中了車體。即使如此，車體沒有因為這樣就受到損傷，然而──

「咯咯咯咯，沒時間猶豫了喔，魔王的魔法。快看那個吧。」

無數的火山岩塊與岩漿聚集在災龜的周圍，鎖定瞄準了魔王列車。方才直接擊中的岩塊，大概也是那隻幻獸所操控的。

「已經預習過了不是嗎！來吧、來吧，要上嘍！將第一傳動齒輪與畫作銜接在一起！」

「收、收到！將第一傳動齒輪與畫作銜接在一起！」

梅帝倫的畫作上出現了一個齒輪圖畫。當火箱開啟時，熊熊燃燒的裡頭也出現了齒輪。

「合體，銜接──」

耶魯多梅朵突然拿起梅帝倫的畫作站在火箱前。

「連結──！」

畫作被扔進了火箱裡。在熊熊烈火中，畫作中的齒輪與火箱的齒輪就像魔法一樣齧合在一起。

「咯咯咯咯，司爐、火夫，盡全力投入煤炭吧。這次會比巴蘭迪亞斯那時更累人喔。」

顯得很愉快的耶魯多梅朵發出命令，司爐與火夫兩人開始盡全力投入煤炭。

「混帳東西……！上次可是累到暈倒了耶……！」

「有空抱怨還不快點投入煤炭！讓火燒起來啊——！要是被那麼大的岩石直接打中，可是會當場完蛋喔……！」

火箱熊熊燃燒，受到火焰籠罩的齒輪開始緩緩轉動。煙囪冒出滾滾濃煙，包覆住魔王列車的第二節車廂。在那節車廂的車體上，刻著一道城堡的紋章。

「魔王列車，雙神連結完畢！」

魔王列車猛然加速，穿梭在災龜射出的火山岩塊與岩漿之間。緊接著，首節車廂的前方突然出現一塊巨大的火山岩塊。這是因為珂絲特莉亞施展了「災禍相似交換」，將小石子與巨大的火山岩塊交換了位置。

「要上嘍……！」

「加油、加油，再加油——」

艾蓮歐諾露讓白鸛的羽毛滿天飛揚，同時送出魔力。

「『魔固聖煙不動齒輪城（teoborosu diaruta）』。」

煙囪湧出的白煙包覆住整輛魔王列車，開始將它的裝甲重新創造得更加堅固。車體變得厚重，外型讓人聯想到城堡。這個魔法使用了王虎梅帝倫所擁有的築城權能。

伴隨著「咚隆隆隆隆隆隆」的一聲巨響，撞上首節車廂的火山岩塊裂成了兩半。魔王列車則毫髮無傷。

「真遺憾。」

珂絲特莉亞在災龜背上靜靜地說。裂開的火山岩塊內部掉出了一個小人偶，飄蕩在半空中。那個人偶少了一隻手臂。

「『災禍相似交換』。」

小人偶突然消失，彷彿交換位置一樣出現一名獨臂男子——波邦加。

「出來吧，兄弟。這種廢鐵可當不了我的對手。」

漆黑粒子聚集在男子的獨臂上，讓大氣為之震撼。那是在米里狄亞世界與我交手時，所無法相提並論的強大魔力。他當時應該是為了避免毀掉淺層世界，才沒有使出全力。

「『根源戮殺』——！」

波邦加站在魔王列車的車頂，將染成漆黑的拳頭狠狠地砸向車體。碎片彈向周圍，「魔固聖煙不動齒輪城」的裝甲嚴重變形。

一道閃耀著純白光芒的劍尖突然間從車體內側貫穿裝甲刺來。

「……唔……嘎呃……！」

波邦加的獨臂被輕易斬斷，往火山掉落而去。

「我就知道你們會來這一招。」

巴爾扎隆德再次預測成功。雷伊從魔王列車裡現身，將靈神人劍對準了手臂被斬斷的波邦加。

§ 25 【邪道射手】

「……哦……是伊凡斯瑪那的劍身啊……」

波邦加儘管失去左臂，仍然冷靜地說。

在魔王列車的車頂上，雷伊目光銳利地看著他。

「這是為了狩獵亞澤農的毀滅獅子所打造的海馮利亞的聖劍。我雖然不知道並非狩獵貴族的你為何會持有它——」

波邦加彷彿毫不在意瞄準而來的伊凡斯瑪那，不加思索地做出行動。

「——你用那把劍打倒了兄弟嗎！」

他張大嘴巴，在口中畫出一道魔法陣。墨綠色的火焰湧出，同時發出咆哮。

「『災焰業火灼熱砲（jioru bezugu）——』，呃……！」

連同正要噴出的火焰，雷伊以靈神人劍貫穿了波邦加的嘴。即將射出的魔法當場爆炸四散，使得烈火吞噬了波邦加全身。

「要是沒打倒阿諾斯，那又如何呢？」

波邦加被靈神人劍貫穿嘴巴，就這樣持續被自己的魔法燃燒身軀。明明是動彈不得的狀態，他卻揚起瘋狂的笑容。

「非得要我說得這麼明白才聽得懂嗎？意思就是說，亞澤農的毀滅獅子才不會輸給這種東西……！」

漆黑粒子開始聚集在波邦加全身上下。

「呼……！」

雷伊將靈神人劍往正下方揮去。那道神聖劍刃撕裂喉嚨、斬裂身軀，眼看就要斬斷波邦加根源的瞬間，噴出大量墨綠色的鮮血。

其灑落在魔王列車上，轉眼間就腐蝕了「魔固聖煙不動齒輪城」的裝甲。

和魔王之血十分相似。

『毀滅獅子即將展現出本性，當心他的右手。』

巴爾扎隆德的警告傳到雷伊耳中。就在下一瞬間，波邦加的右手斷面處描繪出一道不祥的魔法陣。

他被斬斷的身體冒出漆黑粒子，傷口逐漸開始迅速癒合。

「不過是拿了獵人的聖劍，在囂張什麼啊……！」

一隻漆黑的異形右臂長了出來。

那隻手臂的長度約為常人的兩倍，散發出彷彿凝縮毀滅一般的驚人魔力，猛然掃向雷伊的身體。

雷伊聽從巴爾扎隆德的指示，彷彿早有預料一般抽回靈神人劍，大幅地跳開。揮空的異形右臂擦過車廂的車頂，那股帶有毀滅的力量將車頂整塊打飛。

那裡是貨物室。魔王學院擁有的一部分火露飛了出去，在這片空中散布開來。

「『災淵黑獄反撥魔彈』。」

珂絲特莉亞看準時機獨自從災龜上飛了過來，朝雷伊與魔王列車射出無數魔彈。

「呼……！」

他以靈神人劍逐一將魔彈斬斷。趁這個間隙，波邦加跳進貨物室。

裡頭有幾名負責防衛的學生。

「不會吧……這個怪物……」

「……這可是『魔固聖煙不動齒輪城』耶…………明明這麼拚命練習過了……」

儘管臉色發白，他們還是鼓起勇氣與波邦加對峙。倘若被那隻異形的右臂碰到，就算瞬間毀滅也不足為奇。

「一群雜兵，簡直不堪一擊。」

波邦加毫不留情地逼近過來。

「『附身召喚（azeputo）』——」

聲音響起的瞬間，波邦加停下腳步。

直到方才為止，這裡都只有魔力明顯不如自己的人，然而有一人的魔力突然急遽上升。

「——『融合神（迦拉基納）』！」

「就是妳。去死吧，女人。」

波邦加突然轉身，猛烈朝娜亞衝去，高高舉起他的漆黑右臂。

『咯咯咯！瞄準吧、瞄準吧。假如失手了，可是會死喔！』

「知識之杖」發出「喀答喀答」的聲響說。

「『重渦』！」

娜亞瞄準距離波邦加的右臂最遠的左腳。空間扭曲，一道帶有重力的漩渦將他的腳捲入。可是她不僅未能壓碎他的腳，甚至沒有造成任何傷害。然而，這麼做絆倒了波邦加，使他失去平衡。他隨即揮下的異形右臂將牆壁打得粉碎，破壞得慘不忍睹。

「呀啊啊……！」

儘管娜亞勉強在那之前避開，颳起的餘波卻撕裂她的全身。

「就算絆住我的腳又怎樣？沒有第二次了，女人。看我將妳擰碎！」

波邦加用力掙脫「重渦」正要前進的瞬間，眼前出現了一道「血界門」。

「這種脆弱的門又要幹嘛……！」

波邦加猛然高舉他的異形右臂，打算破壞「血界門」。然而，門突然大開，使得他的拳頭落空。

「余相當習慣與一身蠻力的傢伙戰鬥。」

波邦加止不住力道，往門內踏入一步。門的對面，則站著轉移過來的冥王。「血界門」發動，波邦加的身體被送到了魔王列車外。

「他過去嘍，加隆。」

波邦加被強制轉移到空中後，雷伊便彷彿經過精心計算一般逼近到他背後。

「你回來得真快呢。」

「閉嘴……！」

波邦加猛然轉身，順勢反手揮出一拳。雷伊冷靜地避開這一拳，接著刺出靈神人劍。

「喝……！」

靈神人劍刺入波邦加的根源，墨綠色的血液湧了出來。為了腐蝕劍尖，血之魔力展現勇猛的威力。為了將其斬斷，伊凡斯瑪那發出純白光芒，僵持不下的雙方迸散白與黑的粒子。

雷伊以其魔眼（眼睛）窺看著波邦加的根源。

「你一臉無法理解的表情呢，冒牌獵人。無法以靈神人劍完全封住不完全的獅子血，就這麼讓你困惑嗎？」

異形的右臂微微一動。儘管刺中根源讓他變得衰弱，靈神人劍的效果卻遠遠不如對付我的時候。

「獅子的手臂只有一隻，也沒有獲得肉體。我雖然比兄弟來得不完全，毀滅獅子的特性也相對薄弱。對現在的我們來說，那把生銹的劍根本就算不上什麼弱點！」

雷伊以靈神人劍格檔彈開他揮下的漆黑異形右臂。

「咕唔……！」

「只要這點效果就夠了喔。」

他順勢以靈神人劍砍向肩頭。然而，波邦加突然消失，這一劍改為斬斷了一個小人偶。

「不要一臉得意地說出奇怪的話。這不是什麼能自豪的事。」

飄浮在空中的珂絲特莉亞出言提醒。

波邦加就飄浮在她身旁。他們透過施展「災禍相似交換」交換了位置。

「我說的是事實吧？妳本來就討厭完全體，對妳來說應該無所謂才對。」

「就算我討厭完全體，也不代表我喜歡現在這種不上不下的身體。」

兩位亞澤農的毀滅獅子並肩站著，一起從全身釋放出漆黑粒子。

「那傢伙為什麼不出來啊？」

「不是因為只靠我們就夠了嗎？」

雷伊隨口扯了一個謊。珂絲特莉亞顯得不太高興地說：

「娜嘉姊姊。」

「把他逼出來。」

在方才的交戰中，巨大岩龜已經逼近魔王列車。其甲殼上能看到坐在輪椅上的娜嘉。

「我才不要。既然他想保留實力，那樣正好。就在阿諾斯出來之前回收火露，結束這場戰鬥吧。」

娜嘉這樣回答。

邪火山噴出的無數岩石，像是受到吸引一般聚集在災龜周圍。

娜嘉的腳邊形成了一個漆黑水窪。那是她的魔力。娜嘉伸手將其掬起，在天上畫出一道魔法陣。

「『幻獸共鳴邪火山隕石（boruku zeewaheivu）』。」

災龜澤瓦多隆與邪火山格魯德海夫發出「嘰、嘰」的共鳴聲。無數的火山岩石才剛染成墨綠色，便一齊朝魔王列車落下。

『不能降低船的高度，那個隕石魔法會隨著墜落的距離增強威力。要注重攻擊次數，儘早將它們統統擊落。』

巴爾扎隆德立刻發出指示。雷伊亂射著「聖域熾光砲（teo toraiasu）」，伊杰司則發出「次元衝」將落下的墨綠色岩石一一擊落。

「這是……『複製魔法鏡（regaroimitein）』……！」

潔西雅創造出魔法的無限反射鏡，陸續複製雷伊的「聖域熾光砲」。

「瞄準就緒！」

「注重連射，發射發射——！」

粉絲社的少女們開始以魔王列車的所有齒輪砲連射「斷裂缺損齒輪（abisu）」。

莎夏以「破滅魔眼」將火山一帶納入視野，粉碎噴出的火山岩石斷絕娜嘉的砲彈供給。

「你還有空理會那邊嗎，冒牌獵人？」

穿過「幻獸共鳴邪火山隕石」的空隙，波邦加將其異形的右臂揮向雷伊。縱使他以靈神人劍擋住了這一擊，還是無法擊落這段時間內落下的岩石。

「『災淵黑獄反撥魔彈』。」

彷彿要給予最後一擊似的，珂絲特莉亞從旋轉的傘上射出六發魔彈。它們在無數落下的「幻獸共鳴邪火山隕石」之間不斷反射，眼看著魔力與速度變得越來越強。

不僅無法以尋常魔法擊墜，速度還很快。儘管能以艾蓮歐諾露的「聖域白煙結界」擋下，她應該會趁著這一瞬間利用「災禍相似交換」交換魔法。

雖說如此，要是為了拉開距離而降低高度，可能會受到「幻獸共鳴邪火山隕石」重創。

「無法增加砲擊人手嗎？假如無法擊落『災淵黑獄反撥魔彈』，就會被壓制住。」

巴爾扎隆德向砲塔室這麼說完，正在持續砲擊的粉絲社她們立刻回應：

「小卡娜和米莎都不在，這已經是極限了。」

「只能用『古木斬轢轉輪』擊落了……！」

「往右邊一點瞄準。」

「收到！」

「不對，是往左！不行，果然還是往右！」

「太快了啦……！」

魔王列車一點一點地被迫降低高度。然而，越是降低高度，「幻獸共鳴邪火山隕石」的速度就越是加速，其威力越發增強。再這樣強化下去，很可能會變得無法擊墜。

「夠了！那就由我來吧！」

巴爾扎隆德在魔眼室裡拿起他一直揹著的弓。

「交給伊杰司和莎夏處理吧。否則會被人發現你在魔王列車上。」

「沒問題。對我巴爾扎隆德來說，弓箭乃是邪門外道的技能。由於這違反了聖劍世界的秩序，我甚至連訓練都不曾讓人見過，如今早已沒有任何人知道我會用弓。」

他一說完，甚至沒看到任何預備動作，就已經射出一支紅色箭矢。那支箭穿過魔王列車的裝甲，以迅雷不及掩耳之勢射穿「災淵黑獄反撥魔彈」。

被射穿中心的那顆魔彈沒有往任何方向反射，而是當場爆炸了。

「混蛋……竟敢這麼做……」

就在珂絲特莉亞露出煩躁表情的瞬間，剩下的五顆魔彈也被紅色箭矢射穿，同時爆炸開來。而受到其爆炸的波及，周圍落下的岩石也跟著粉碎四散。

「……神聖魔力與箭矢……？這在號外上沒有提到……」

「就在那裡。」

趁著珂絲特莉亞陷入沉思的瞬間，一支紅色箭矢疾馳射出。

她以最快速度的「飛行」勉強避開這一箭。

「沒中。」

珂絲特莉亞追上在空中疾行的魔王列車，瞄準了魔眼室。

「縱然不知道你是誰，去死吧——」

魔力聚集在陽傘上。地面一點散發光芒，陽傘的魔力瞬間隨之消散。

一道紅光貫穿了她，肩膀上滲出墨綠色的血。

「……什、麼…………？」

「居然說沒中？區區野獸還真敢說。」

巴爾扎隆德在魔眼室裡喃喃自語。刺中珂絲特莉亞的，正是她應該已經避開的巴爾扎隆德的箭矢。這支箭矢跟「幻獸共鳴邪火山隕石」的性質相同，其速度會隨著飛行距離不斷加快。在越過天空、越過黑穹，繞行災淵世界一圈後穿過大地，最後射穿珂絲特莉亞。

「我巴爾扎隆德即使在世界的盡頭，也絕對不會射偏目標。」

§26 【大鬧一場】

「渴望災淵」——

在這個巨大的水坑裡，樹海船愛歐妮麗雅以水底為目標開始下潛。內部比水面還要寬廣，在將巨大樹海整個吞沒後，仍然有廣闊的空間。

越是下潛，水就越為混濁，魔力場也變得狂暴。我在樹海船上以魔眼（眼睛）看去。當我窺看這片水的深淵時，周圍便迴蕩起令人毛骨悚然的聲音。

我想要——

還不夠——

更多——

渴望、渴望，更渴望——

「唔嗯，是由渴望溶解混合而成的水嗎？」

銀水聖海中的所有渴望，聚集在作為「淵」的伊威澤諾，並在化為雨水降下後，沉入這個水坑裡。

儘管還只是在淺層，幻獸們的聲音彷彿詛咒般在腦中響起。抵抗力較弱之人，光是來到這裡就可能會導致精神異常吧。深層究竟積蓄了多少渴望呢？

只不過，當前的目的並不是要去那裡。

「柏靈頓，『渴望災淵』裡有幻獸機關的研究塔吧？」

我向遠離火山地帶，正在趕往這裡的柏靈頓發出「意念通訊」。

『沒錯。那是以雷貝龍傑爾多努拉的貝殼所建造的設施。由於很巨大，應該一眼便能辨識出來。』

我將視線往下層看去，便在那裡看到一個長滿無數荊棘的巨大貝殼。

就是那個吧。

貝殼的外型縱長，有如一座塔般往水底延伸。

『入口只有一個，而那個入口只會在雷貝龍傑爾多努拉為了捕食獵物衝出貝殼的時候才會開啟。』

是以貝殼的開口為入口嗎？大概是將獲得肉體的幻獸，直接作為研究塔使用吧。

「看起來很不方便呢。」

『杜米尼克離開研究塔的次數，一百年都不知道有沒有一次，所以不會感到不便。』

雷貝龍傑爾多努拉為了不讓幻獸研究受到打擾而存在。如果能在裡頭滿足一切需求，就算入口不常開啟也的確不是問題。必要時也只需要準備飼料，讓貝殼開啟就好。

『除了巧妙地誘出傑爾多努拉，再趁機潛入研究塔外，沒有其他方法。既然我們不能被發現，正面交戰就不是上策。』

「別擔心，二律僭主的船看來正朝著『渴望災淵』的底部前進，幻獸機關應該會應戰。如果那傢伙大鬧一場，我們就趁機潛入。你們也快來，不然可是會錯失機會喔。」

『我們正在趕過去。』

「意念通訊」切斷了。當我將魔力送入踩踏的樹海大地後，愛歐妮麗雅的樹林便轉化為魔法陣的形狀。那是這艘船的砲門。

「『霸彈炎魔熾重砲』。」

從巨大的樹木魔法陣中冒出一顆蒼藍恆星。

它拖曳著一道光尾，猛然穿過水中，擊中幻獸機關的研究塔。縱使造成了劇烈的震動，貝殼的研究塔依舊完好無缺。瞬間點燃的火焰也立刻就熄滅了。

「還真是堅固呢。」

我接連展開愛歐妮麗雅的砲門，連續發射「霸彈炎魔熾重砲」。

研究塔在轟隆巨響中劇烈地搖晃。不論多麼堅固，只要對弱點集中魔法砲擊，就遲早會被打穿。

目標是貝殼的開口。既然會開闔，照理說應該會比其他部位脆弱。

我持續朝那裡射擊蒼藍恆星。蒼藍恆星接連爆炸，貝殼開始出現裂痕。正當貝殼開口出現裂縫的那一瞬間，一道震耳欲聾的咆哮在水中傳播開來。

巨大的貝殼開口大大開啟，從中猛然竄出一條身軀極長、帶有貝殼般鱗片的龍。

雷貝龍傑爾多努拉張大嘴巴，隨即伴隨著「劈啪劈啪」的聲響猛烈放電。激烈的雷電龍息直擊了樹海船愛歐妮麗雅。

然而，就跟對方的貝殼一樣，這艘船的結界並非輕易就會破壞。

『二律僭主，請回答。』

樹海船內部響起「意念通訊」。幻獸機關的士兵們紛紛從貝殼的研究塔裡躍入水中。他們全都穿著與雷貝龍鱗片相似的貝殼白衣。

『我們是伊威澤諾幻獸機關，所長杜米尼克直屬的狂獸部隊。在此發出警告，請立刻離開伊威澤諾。假如不立刻讓船浮出水面，發狂的渴望將會吞噬你。』

根據巴爾扎隆德的說法，狂獸部隊很可能涉及了福爾福拉爾的滅亡。

即使對方是不可侵領海，一旦侵入到作為伊威澤諾中樞的「渴望災淵」，他們想必也無法置之不理。這應該投入了最大的戰力吧。

『爸爸。』

我一邊蹬地衝出，一邊向在樹海船裡抱著媽媽的爸爸發出「意念通訊」。

『我去大鬧一場了。』

『喔、喔！伊莎貝拉就交給我吧！』

我從樹海船上飛起，落在最高的樹上。為了扮演二律僭主，我戴上阿伯斯的面具，並穿上一件外套。

船內以枝葉的結界隱藏，無法看見內部。不過，他們應該不會將魔眼（眼睛）從我身上移開。

彷彿要證明這一點，我才剛現身，狂獸部隊的視線就緊盯著我不放。在他們的身後，雷貝龍讓狂暴雷光在鱗片上流竄。

雖然也有辦法儘量和平地潛入，這次趕時間，還是盡可能引出他們的戰力徹底擊潰，會更為省時。

而且還能順便達成與隆克魯斯的約定。

「……二律僭主未回應。即刻起將該不可侵領海視為敵人，以狂獸部隊的全部戰力進行排除……！」

數十名幻魔族將魔力全開，進入戰備狀態。

卻比我預想得還要弱。

就憑這種程度——

「這裡是『渴望災淵』，只……只……要……有……雷貝龍傑爾多努拉……在……！」

唔嗯，怎麼了？

他們的樣子很奇怪。眼泛血絲、肌肉緊繃，整張臉突然變得如惡鬼一般。魔力也突然提升好幾個層級。

「殺了你……一定要殺了你……！」

「啊啊啊、啊啊、啊啊啊啊啊……去死吧……！快點去死吧——……！」

「嘻——哈——！我才不管什麼不可侵領海，你這外來者竟敢大搖大擺地闖進來！」

「只要毀滅了二律僭主，我就是不可侵領海啦！」

「那是我的獵物！不准插手！」

「白痴白痴白痴，這裡可是我們的領域啊！這個『渴望災淵』對幻獸與幻魔族之外的生物來說，即是水災本身啊……！」

連個性也變得判若兩人，而且還是所有人。他們應該是喪失理智，受到欲望支配了。這就是他們被稱為狂獸部隊的由來吧。

「咕呵、咕呵呵哈哈哈哈……！」

幻魔族們朝我衝來。

人數有十五名。

「咕嘿嘿嘿嘿——呃……！」

衝來的幻魔族們全都被斬成了兩段。

「……怎…………麼、了…………？」

他們的魔眼（眼睛）看不見二律劍。因為我為了避免身分曝光，以「變化自在」讓劍變得透明。

只不過，即使我沒有讓劍變透明，他們或許也看不到我從外套裡拔劍的動作吧？

「唔嗯，看到夥伴死去會停下來，看來還保有一定程度的理智啊。」

剩下的幻魔族們就像在警戒看不見的二律劍般，繼續與我保持距離。

「呀哈哈哈哈哈哈！這傢伙真強！是個有趣的獵物啊啊啊！真是太棒了對吧……！」

雷貝龍發出咆哮，全身同時放電。這些電流纏繞在幻魔族們的魔劍上，使其附上劈啪作響的電光。

「「「『災雷落擊（gabezuna）』！」」」

所有魔劍一齊發出無數的災雷襲向我。

我大幅跳躍避開這一擊，同時朝他們畫出一道魔法陣。

「『霸彈炎魔熾重砲』。」

我往密集的幻獸部隊射出蒼藍恆星。只要擊中一人，火焰便會藉由爆炸之勢蔓延開來。

然而他們毫髮無傷。後方的雷貝龍正在創造奇妙的魔力場。

「要我告訴你嗎？在雷貝龍傑爾多努拉的水域裡，雷屬性的魔法會受到強化，其他則會弱化。」

狂獸部隊的其中一人得意揚揚地說，彷彿要滿足自己的炫耀欲望一樣。

「就像這樣啊——！」

狂獸部隊散開將我團團圍住，同時刺出魔劍。

「「「嘻哈——！『災雷落擊』——！」」」

「燒吧、燒吧——！」

「燒成焦炭吧！嘻哈哈哈！」

緊密到毫無半點空隙的災雷襲向我。

我慢慢移動右手畫出魔法陣。

「『掌握魔手』。」

我以染成暮色的右手接住所有災雷，將其緊緊握住，然後將增幅過的「災雷落擊」扔回給他們。

「哦哦，他居然丟回來了！這傢伙還真厲害……！」

「嘻哈——！」

威力提升的災雷將他們輕易擊飛。

「沒有用啦——雷貝龍的鱗貝會隔絕雷電，你明白——這代表——什麼意思吧——？」

又有一名幻魔族暴露自己的炫耀欲望。

「除非你靠近過來，否則不可能打倒我們啦，二律僭主小弟。」

他們的鎧甲看來全是用雷貝龍的鱗片所打造的。這裡是雷以外屬性會弱化的水域，所以只要做好雷屬性魔法的對策就萬無一失了吧。

「有意思。我剛好有個魔法想試一下。」

我向前直衝，空手打倒一名幻魔族。

「嗚……呃啊……！」

「哈、哈——！你以為逃得了呃啊——……！」

追來的幻魔族被我一腳踢飛。

「你們以為我會逃嗎？」

我會突破包圍網，是為了將他們所有人納入射程裡。我從指尖發出紫電，畫出一道球體魔法陣。這是我的父親——賽里斯・波魯迪戈烏多所擁有的毀滅魔法。這個能用手掌壓縮球體魔法陣的術式，或許和這個魔法的調性相符。

「『掌握魔手』。」

我以染成暮色的右手緊緊握住紫電的球體魔法陣。紫色的閃電猛然膨脹，在周圍迸散出激烈的雷光。

我強行壓制掌中受到「掌握魔手」增幅、即將失控膨脹的紫電，並使其開始凝縮。

當我把手高舉向天時，溢出的紫電便畫出十道魔法陣。紫電在這些魔法陣之間奔馳，連接各個魔法陣，構築出一個巨大的魔法陣。編入「掌握魔手」以及其他深層魔法的術式，形成深層的毀滅紫電——

「『掌魔灰燼紫滅雷火電界』(raviazu girugu gaveriizudo)。」

§ 27 【掌雷之人】

「渴望災淵」染成一片紫色。我將指尖伸向被發狂幻獸附身的狂獸部隊，靜靜地射出形成漩渦的毀滅紫電。

然而——

唔嗯，太慢了。「掌魔灰燼紫滅雷火電界」以說是遲鈍也不為過的速度前進。

「咕呵、咕呵呵呵！太慢了——！未免太慢了吧——！」

「嘻哈——！簡直就像在請我們躲開一樣呢！」

「不對，豈止是這樣！那是個絕佳的飼料不是嗎——！雷貝龍的飼料啊——！」

當狂獸部隊的其中一人像是打信號似的彈了個響指後，雷貝龍傑爾多努拉便發出咆哮張大嘴巴。

那傢伙將緩慢前進的毀滅紫電一口吞掉了。

「咕呵呵呵，咕哈哈哈哈哈哈哈哈！吞噬雷電能讓傑爾多努拉展現真正的姿態！看吧！在災淵世界被譽為大災雷化身的恐怖幻獸的模樣——」

「嘰、嘰、呀喔喔………………！」

彷彿臨死前的慘叫，在水中留下迴響。紫電在雷貝龍傑爾多努拉的龐大身軀上流竄，身上的鱗貝一個也不剩地震飛開來。

全身變得焦黑，無力地在水中漂蕩。當牠的遺體亮起一個紫色光點的瞬間，「掌魔灰燼紫滅雷火電界」便穿破牠的身體現出樣貌。

紫電魔法陣雖然過於緩慢，卻內含凶暴的毀滅力量，仍然朝著幻魔族所在的方向前去。

「什麼………」

「啊…………」

幻魔族們張著大嘴，啞口無言地注視著眼前的景象。

「…………………傑爾多努拉……」

「……大災雷的化身……」

「……被雷……打倒……了…………？」

他們「咕嘟」一聲吞下口水，注視著朝自己等人飛來的毀滅紫電，露出驚恐的表情。

「嘻哈——！大家在怕什麼啊……！」

「呃啊啊……！」

狂獸部隊的其中一人從背後踢飛隊友。三人猛然飛了出去，毀滅紫電擦過他們的身體。

就在這個瞬間，激烈的紫電襲向他們的全身。

「「「嘎啊啊啊啊啊啊啊啊啊啊啊啊啊啊啊啊啊啊啊啊……！」」」

「呀哈哈哈！太猛了，這還真是讓人受不了啊！難怪傑爾多努拉會被幹掉！」

他看著瞬間化為焦炭的同伴們開心地大笑起來。轉頭看去，發現其他人也彷彿受到瘋狂感染，露出狂亂的淺笑。

「你們在怕什麼啊，嗄？瘋狂吧、瘋狂吧！笑吧！瘋狂正是力量——！在戰鬥中恢復理智的人可是會死啊啊啊啊！」

那名幻魔族衝向毀滅紫電，並在即將撞上之前避開它。

「嘻哈哈！這個魔法正好可以用來試膽啊！」

彷彿瘋狂散播開來一樣，幻魔族們紛紛採取行動。

「太慢了！根本打不中啊——！簡直慢死了——……！」

「來啊來啊來啊！會毀滅喔——！被打中可是會毀滅喔——……！」

他們故意以極近距離從一旦被擦過，就算瞬間毀滅也不足為奇的毀滅紫電旁邊穿過。雖然這個舉動瘋狂且毫無意義，隨著他們變得越來越瘋狂，其魔力也隨之增強。

「「嘻——哈、哈、哈、哈、哈！」」

在避開紫雷後，他們便瘋狂地大笑。明明有好幾人試膽失敗、化為了焦炭，看來他們就連隊友死亡都很享受。

「唔嗯。」

我「啪」的一聲一把抓住紫電。

「嘻哈——哈……？」

「完成度大概只有四成多一點吧。雖然威力還過得去，沒想到居然這麼慢呢。」

狂獸部隊瞪大眼睛。我趁他們被魔法引開注意力的間隙繞到他們背後，以「掌握魔手」抓住「掌魔灰燼紫滅雷火電界」。

「假如不逐一投擲，就打不中目標。」

當我將抓住的毀滅紫電再度投擲出去時，他們的眼神變得越來越瘋狂。紫色閃電以迅雷不及掩耳之勢奔馳而出。

「嘻哈——……！快躲開快躲開快躲開啊啊啊！不然會死喔喔喔……！」

「沒用的啦。在這片水域裡，沒有比我們更快的野獸——」

「咕哈哈哈哈哈哈！沒中！沒中！只要躲過這一擊就好了啊啊啊……！」

瞬間散開後，幻魔族們在被即將擊中之前避開了攻擊。

「「「……嘻哈——哈、哈、哈、哈、哈、哈……！」」」

「看吧，你打不中啦——」

沒打中的毀滅紫電飛往無人的方向，然後被我以「掌握魔手」「啪」的一聲接住。

「……怎麼會……！」

幻魔族們驚訝地轉頭看來。

「…………被超過去……了……？」

「……可是……他剛剛……明明還在反方向……」

「分身……？不對，怎麼看都只有一個人……」

「…………不可能……不可能，這太荒謬了……！自己發出的魔法……自己超過去……然後自己抓住……！將那麼快的魔法……！」

我再度緩緩舉起「掌握魔手」。

「怎麼？恢復理性了嗎，狂獸部隊？」

我藉由比方才還要快的速度，將再度增幅的「掌魔灰燼紫滅雷火電界」投擲出去。

「快笑啊。」

他們全速採取了迴避動作。

「他、他撐不了多久——！這裡是『渴望災淵』！不論他有多麼強大，要是以那麼快的速度游泳，自己很快就會先喘不過氣來！」

「呀哈哈哈！也就是說，他只能躲回樹海船裡了啊啊啊！管他是二律僭主還是不可侵領海，都無法在這裡呼吸！即使是陸上的狼，在深海也補不到一條小魚！更何況還是打贏我們啊啊啊！」

「只要一直躲到他沒氣就好！還真是簡單呢——咕呵呵，咕哈哈哈哈哈——！」

只要我扔出紫電，就會追過去「啪」的一聲將它接住。位在中央的幻魔族們一面東逃西竄，一面發出混雜了瘋狂與慘叫的喊聲。

「……這麼快的速度……他很快就會，喘不過氣……！」

「注意，下一球。」

第三球。紫電從險些擊中的位置擦過去。

「……他應該已經相當勉強了……雖然戴著面具看不出來，應該早就到極限了……」

「咯哈哈，太慢了。再用盡全力飛啊。」

第四球。我將接住的紫電再度扔出。

「只要……再一次，這樣就……」

「是啊，熱身運動結束了。」

第五球。狂獸部隊鞭策著氣喘吁吁的身體，將魔力轉化為速度。他們為了避開投擲出去的紫電，將瘋狂化為動力，在水中以超過極限的速度飛行。既然發揮出超過全力的力量，照理來說消耗應該會很劇烈。

大概是即使如此，他們也還是預期我會先需要換氣。

「渴望災淵」是幻魔族與幻獸的水域，其他種族無法在此呼吸。看來這似乎是事實，我的身體狀況比平時還要好。

因此——

「……呼……呼……呼……！」

「呼……呼……呼……！」

「啊……嗚……啊……」

「……為……為什麼……？」

先喘不過氣來的反而是狂獸部隊。

「……他不可能在『渴望災淵』裡，活動……這麼長的時間……」

「……該死的怪物……」

完全失去了原本的瘋狂。每次投擲都會不斷加速的「掌魔灰燼紫滅雷火電界」開始讓他們叫苦，恐怕身心都達到極限了吧。

「我定下二律。」

第六球。我握緊毀滅紫電，緩緩地高舉起來。

「你們想被這發較弱的紫電擊中，還是威力更強的紫電擊中呢？」

每次施展「掌握魔手」，魔法的威力都會增強。既然遲早都會被擊中，早點被擊中或許還有可能獲救。

「選吧。」

我這麼說著，然後將毀滅紫電投擲出去。猶豫了片刻後，他們放聲大笑。

「「「嘻……嘻哈哈哈哈哈哈，嘻——哈、哈、哈！」」」

他們不打算迴避。竭盡最後的瘋狂，狂獸部隊將所有魔力投入反魔法朝我衝來。

毀滅的閃電清楚照亮他們的臉。

「「「嘻啊啊！」」」

狂獸部隊發出慘叫。

以迅雷不及掩耳之勢扔出的「掌魔灰燼紫滅雷火電界」穿過他們，猛然飛向「渴望災淵」的底部。

緊接著掀起一陣震耳欲聾的轟響與吞沒「渴望災淵」的紫電大爆炸。

「「「噫噫噫噫嘎啊啊！」」」

屍橫遍野。化為焦炭的狂獸部隊在水中漂蕩。

雖說沒有直擊，受到毀滅紫電的餘波波及，大部分的幻魔族都已經無法戰鬥。勉強還能動的人也已經無法構成太大的威脅。

狂獸部隊很可能涉及了福爾福拉爾的滅亡。只要讓他們瀕死活下來，之後柏靈頓的部下與狩獵貴族們應該能順利逮住他們。

「就先這樣吧。」

只不過，真是深不見底呢。

假如在淺層讓增幅到如此強力的「掌魔灰燼紫滅雷火電界」直擊目標，一定會對地上造成影響。我原本判斷只要射往「渴望災淵」的底部應該就沒問題，結果卻遠遠超出了我的想像。儘管被毀滅紫電擊中，這個水坑的深淵也依舊文風不動。

看來「淵」要遠比小世界來得堅固的樣子。

『阿諾斯……！』

與我連接在一起的魔法線傳來爸爸的聲音。

他似乎很著急的樣子。

『怎麼了？』

『伊莎貝拉的情況不對勁……從剛剛就一直不停地夢囈……』

我豎耳傾聽。

隨後便聽見媽媽的聲音。

『……祖父大人……說……我……無法……逃離……渴望……』

『伊莎貝拉……振作一點……沒事的，我就在妳身邊……！』

柏靈頓綁上的「紅線」傳來爸爸的聲音。

與之相反，媽媽腦海裡浮現的過去也經由「紅線」向我們湧來——

§28 【最後一定是……】

銀水船涅菲斯將船張開所有帆船飛越銀海。

航程一帆風順，目的地近在咫尺。駕駛船的狩獵貴族們看起來毫不緊張，各個都放鬆了身心。

身經百戰的獵人知道何時需要放鬆。為了準備狩獵，他們正在讓身體休息。

船內氣氛愉快，不時傳來談笑的聲音。在其中一個角落，有一間漆黑的房間。

雨聲在那裡響起。

本來不應該聽見的不祥聲響。

露娜．亞澤農在那裡抱膝蹲著，顯得很害怕地摀著耳朵。

她聽得到聲音。

混在下得不停的雨聲中，彷彿是自己內在的衝動一般。不論怎麼摀住耳朵，渴望的聲音依舊從子宮內部響徹開來。

——為什麼？

——喂，為什麼？

——為什麼不肯生下我呢？

——母親。

——快生下來。

——將我。

——將我生下來，媽媽。

——好暗啊。

——好暗。

——我討厭這裡，好痛苦。

——母親，我……

——難道連出生都是一種罪嗎？

「……對不起……對不起……」

淚水自露娜的眼中潸然落下。

她嗚咽地啜泣著，向尚未出生的孩子不停地道歉。

「……我也想生下你……可是你不能出生……」

漆黑粒子發出「滋、滋、滋滋」的聲響從露娜的腹部滲了出來。就像一隻無法成形的嬰孩小手爬了出來，在拚命地向她請求一般。

她溫柔地握住那隻小手。

「……對不起，我沒辦法生下你……對不起……」

露娜一面哭泣，一面將那隻小手用力壓回自己的腹中。

「……再等一下……」

她拭去淚水勉勵自己。

「……沒事的。男爵大人一定會將靈神人劍帶來。一定會……」

露娜摀住耳朵、閉上眼睛，然後勉強壓下從內心湧出的渴望。

今天的聲音特別大，說不定已經察覺到她即將要做的事情。

自從與五聖爵之一的雷布拉哈爾德相遇後，不知經過了多少時日。

她一直在抵抗子宮內部日益增強的聲音，持續等待著能斬斷自身宿命的機會。

聖劍世界海馮利亞的象徵——靈神人劍伊凡斯瑪那會自行選擇主人。然後，唯有拔出此劍之人，才能獲得聖劍世界的元首——聖王的王位繼承權。

因此，五聖爵一生有三次由靈神人劍選定的儀式。

其順序按照身分高低進行。在叡爵、侯爵、伯爵與子爵的第一次選定失敗後，身為男爵的雷布拉哈爾德才終於獲得拔劍的機會。他曾作出承諾，一定會讓靈神人劍選上自己。

「呀……！」

船隻突然劇烈轉向，導致船體傾斜。

下個瞬間，爆炸聲劃破寧靜，振動襲向露娜。她被拋到地板上，並且迅速用手撐住了自己。「意念通訊」在船內響起。

『敵襲！全員就戰鬥位置！』

『發現敵蹤！是災龜澤瓦多隆！』

『來了啊，該死的幻獸機關。維持目前的速度前往會合地點！雷布拉哈爾德大人一定會帶靈神人劍過來。讓我們來告訴他們，究竟誰才是獵物吧！』

『『『遵命！』』』

戰鬥隨即展開。

當伊威澤諾的災龜射出隕石後，海馮利亞的銀水船便射出箭矢回擊。中彈的涅菲斯劇烈搖晃，狩獵貴族們忙於進行修復。

船的性能是災龜高出好幾個層級。儘管最好能立刻撤退，他們相信雷布拉哈爾德會信守承諾，因此並不打算改變航向。

露娜無法做什麼。

只能一直祈禱。

就在這時，一道光線照射進她的船艙。

露娜抬頭看去。

艙門被緩緩開啟，能看見一個男子的身影。一個她所熟識，留著齊瀏海短髮的青年走進室內。

「……柏靈頓…………」

「姊姊，幸好妳平安無事。抱歉讓妳久等了。」

柏靈頓悄悄地跑向露娜。

「有話稍後再說。我們先逃離這裡吧。」

柏靈頓拉起露娜的手，但她並不打算離開。

「……姊姊？」

「……等等，柏靈頓……那個呢……」

「放心吧。獵人們光是對付災龜就分身乏術，絕對不會想到已經有人潛入船上。倘若是現在，應該能輕易逃出去。走吧。」

柏靈頓用力拉起她的手，朝著艙門走去。

露娜甩開他的手。他停下腳步，慢慢轉頭看向露娜。她看著微微瞪大眼睛的弟弟說：

「……抱歉，柏靈頓。我沒有被海馮利亞綁架，是我自己拜託男爵大人的。所以……」

「不。」

柏靈頓語氣堅定地否定了她的話語。

「姊姊被海馮利亞騙了，就當作是這樣不好嗎？我也會這麼跟杜米尼克祖父大人說。」

露娜驚訝地睜大眼睛。

「你知道……」

「當然，我很了解姊姊。能理解姊姊心情的人，只有同樣與『渴望災淵』連結的我。」

柏靈頓向她靠近，在她面前溫柔地說：

「不論妳要去哪裡，不論妳要做什麼，都絕對無法逃離。我們的孩子將會成為毀滅銀水聖海的獅子。姊姊其實也很清楚吧？」

露娜無法將視線從柏靈頓的魔眼（眼睛）上移開。弟弟確實說中了她的不安。

「即使是能斬斷宿命的靈神人劍，也不可能只斬斷這個宿命，而不毀滅我們。要是辦得到，伊威澤諾與海馮利亞的戰鬥，應該早在我們出生之前就已經分出勝負了。」

露娜低頭片刻後，仍然開口說：

「……或許是這樣……可是……」

「姊姊，妳不記得了嗎？」

柏靈頓抓住露娜的雙肩向她訴說。他的雙手在顫抖。

「……不記得我們小時候的約定了嗎？妳不是跟我說過，姊弟永遠都會在一起嗎……」

淚水簌簌地從他眼中落下。

「說不定沒有太大的自由，大概也沒辦法生孩子。即使如此，我只要有姊姊陪在身邊就夠了。」

彷彿在懇求姊姊一般，柏靈頓緊緊握住顫抖的手。就像要留住她似的，強而有力地——

「拜託……拜託不要自暴自棄……！為了根本不可能發生的奇蹟，捨棄這種小小的幸福，到底該怎麼辦才好？請看著我！我跟祖父大人不一樣！我絕對絕對不會背叛妳。姊姊的幸福確實就在這裡。就在這裡啊……！」

露娜露出心痛的表情開口說：

「……我明白。包括柏靈頓想說的意思，我全都明白。我想過自己或許在做蠢事，可是我無法放棄。因為我想要相信。」

她將自己的手疊放在柏靈頓的手上。然後，她以嚮往的表情明確地告訴他：

「最後一定是愛的勝利。」

突然間——露娜倒抽一口氣。

鮮紅的血飛濺在她的臉上。這是因為柏靈頓遭到一支箭矢從後方射穿。

「伊威澤諾的幻魔族！是從哪裡潛入的！」

「快離開她！她是男爵的客人，我們不會讓你傷害她！」

狩獵貴族們紛紛搭箭上弓，一齊發射出去。

「該離開的——」

「——是你們！」

柏靈頓身上突然湧出大量的漆黑粒子，形成不祥的漩渦。

他發出的魔彈吞噬了箭矢並引發爆炸，連同狩獵貴族將一部分的銀水船炸飛。

木片嘎啦作響地紛紛落入銀海。柏靈頓握緊拳頭，從飛散的木片中猛然衝出。

「唔唔唔喔喔喔喔喔喔喔喔喔！」

他踢碎前來應戰的狩獵貴族聖劍，用盡全力揍飛對方的臉。那簡直是一面倒的蹂躪。接二連三趕來的獵人們全都被他以肉體和魔力輕易擊潰。

「……哪裡會有啊……？」

柏靈頓一面揮拳、踢腿、射出魔彈，一面向姊姊拋出話語。

「姊姊生下的孩子可是會毀滅銀水聖海的野獸，哪裡會有人願意愛著像妳這樣的人！」

就像要將她從夢中喚醒一般的尖銳話語深深刺痛露娜的心。即使比她微弱，背負著相同宿命的弟弟說不定清楚地看清了這個現實。

「縱使靈神人劍斬斷了妳的子宮、斬斷了宿命，妳真的就能肯定毀滅獅子如此一來就不會誕生嗎？即使妳再也感受不到『渴望災淵』，妳真的能確信連結就此消失了嗎？這種事，明明就沒有人知道答案！」

柏靈頓發出的巨大魔彈紛紛落在狩獵貴族們身上，掀起劇烈的爆炸。

「知道自己的孩子也許會是來路不明的野獸，怎麼會有人不感到害怕？這種災厄化身的野獸，怎麼會有堅強到願意去愛的人？不會有的，姊姊，我十分清楚人性的軟弱。」

「該死的——怪物啊——……呃……！」

柏靈頓的拳頭貫穿一名高舉聖劍衝來的男子腹部。

「不論在這片銀海上尋覓多久，都不可能找到那種願意愛著災禍淵姬的蠢男人！」

柏靈頓在激情的驅使下，彷彿受到自身渴望刺激地大喊。

露娜咬緊嘴唇，眼裡噙滿淚水。

然而過沒多久，她突然注意到某件事，整個人就像被驅使一般飛向天空。

就在柏靈頓的注意力從戰鬥中移開的瞬間，藏在銀水船瓦礫裡的狩獵貴族們以全力從四面八方射出箭矢。

籠罩聖光的箭矢射穿了他的四肢。這些箭矢上連著鎖鍊，束縛住他被射穿的手腳。

「就憑這種東西——」

他使盡全力試圖扯斷那些鎖鍊。

彷彿看準這一刻，一支神聖光箭自背後飛來，與先前射出的箭矢有著天壤之別。

「柏靈頓！」

露娜拚了命地飛來，降落在弟弟背後張開雙手。鮮紅血液緩緩滴落在銀水船上。

擋在柏靈頓背後保護他的露娜，遭到光箭射穿腹部。

「……姊姊…………？」

露娜癱軟無力地跪在甲板上。

「……聽我說……柏靈頓……」

露娜的傷口逐漸吞入光箭。「渴望災淵」正在強化與她子宮內部的連結。

「……即使如此，我還是想要相信。在某個地方，有某個人在等待我……願意接納我的人，一定就在某個地方……」

以她的腹部為中心，一片深邃的黑暗蔓延開來。束縛柏靈頓四肢的鎖鍊與箭矢被吞入那片黑暗之中。

「對不起，再見了。」

露娜就像竭盡最後一絲力量，對柏靈頓畫出一道魔法陣。

「姊姊，請等——」

聲音還未落下，柏靈頓的身體就被黑暗推向遠方，飛離了這裡。

以露娜為中心的那片深邃黑暗——「渴望災淵」逐漸擴大，靜靜地開始吞噬銀水船。

不僅如此，連伊威澤諾的船——災龜澤瓦多隆也宛如被黑暗吸引一般朝露娜飛來。

能看到幻魔族們紛紛捨棄災龜，開始脫離這片海域。

「……災龜……被吞噬了……」

「這是……？什麼……？這股不祥的毀滅力量究竟是……」

「身體……動不了……」

「再這樣下去……」

狩獵貴族們正想脫離，途中就被黑暗抓住，甚至無法動彈地開始遭到吞噬。

露娜無法壓制這股開始失控的力量。她只是凝視著一點，一心等待著。

她一直相信。

相信他一定會如期抵達。

相信他就是這樣的人。

相信他是個會信守承諾的人。

露娜一直如此相信。

然後，她確實看見了。

一線曙光。

銀水船涅菲斯從遠方趕來，五聖爵之一的雷布拉哈爾德就站在船首。而在他手中神聖地閃耀的，正是靈神人劍伊凡斯瑪那。

「……您來了呢……男爵大人……」

銀水船涅菲斯向露娜的位置直線前進，飛進持續擴大的黑暗之中。

「用你們的聖劍，為我開闢出一條王道。」

「「「為了雷布拉哈爾德卿的勝利！」」」

銀水船上的狩獵貴族們各自拔出聖劍高舉過頭，聖光朝上方升起。

「「「『破邪聖劍王道神霸』——！」」」

在船的甲板上，數十名狩獵貴族劈下的聖劍發出近乎神聖的光芒。那道光劃破黑暗，開闢出一條純白的道路。

那條道路朝著露娜直線延伸，卻在途中遭到黑暗吞噬，同時中斷了。

船上搭乘的全是老練的獵人。他們手持的聖劍也全是海馮利亞的高級品。

可是「渴望災淵」甚至深邃到足以吞噬這道聖光。

「剩下一百，不，五十就好。無法抵達嗎？」

雷布拉哈爾德詢問部下。

「……我們正在……努力……」

「……可是毀滅力量，遠比預想還要強大……」

別說要讓光之道路延伸，連要維持現狀都顯得十分勉強。時間拖得越久，道路很可能反而會逐漸縮短。

即使是雷布拉哈爾德，要突破那片黑暗也絕非易事。而且要是將力量耗費在這裡，就會無法達成本來的目的。可是，他已經沒有其他方法了。

「只能上了吧。」

雷布拉哈爾德緊握靈神人劍。就在這時，有某種物體快速越過他們的船。

「……那是什麼？」

那個以迅雷不及掩耳之勢往前直衝的物體，不把「渴望災淵」當一回事地貫穿過去，在轉眼間驅散了黑暗。

「這是…………？」

「到底發生什麼事了……？」

道路打開了。

他們的前方開出一條通往災禍淵姬的道路。

「是她說的那個小孩嗎？他是來拯救被囚禁在災淵牢籠裡的公主吧。」

雷布拉哈爾德笑了笑，飛向在眼前開出的道路。

「傑因的恩人啊，我是海馮利亞五聖爵之一，雷布拉哈爾德．弗雷納羅斯。遵循吾友所受之恩義，現在就將災禍淵姬露娜．亞澤農從宿命中解放出來！」

雷布拉哈爾德拖曳著光尾，一直線地向前飛出。具有黃金劍柄與蒼白劍身的靈神人劍伊凡斯瑪那，開始散發有如閃爍星光般的光芒。

雷布拉哈爾德的魔力化為虛無，他與劍身合為一體。

「……等等……等等——！雷布拉哈爾德…………！」

柏靈頓發出吶喊。他不顧自己可能會被吞噬，追著雷布拉哈爾德衝進黑暗。

然而他沒能趕上。

「靈神人劍，祕奧之四——」

雷布拉哈爾德拖曳著有如彗星般的光尾飛去，將伊凡斯瑪那高高舉起。

「——『天霸王劍』。」

蒼白劍光劃破黑暗，其劍刃連同「渴望災淵」撕裂了露娜．亞澤農的子宮。鮮血湧出，漆黑粒子激烈飛舞，在即將被斬斷之前擋住了這一劍。

從深淵湧出一切渴望混濁而成的水，其毀滅力量狂暴洶湧，與伊凡斯瑪那發出的蒼白光輝互相撞擊。

靈神人劍發出「嘎吱」一聲出現了裂痕。

「……喝啊啊……！」

雷布拉哈爾德用盡最後的力量劈下那把劍。隨著一道悶響，靈神人劍從根部折斷，從露娜體內湧出的黑暗突然止住。

「……謝……謝……」

她虛弱地低聲呢喃，跟著折斷的靈神人劍一起被銀水聖海的水流吞沒，向下墜落。

她的魔力斷絕，其根源眼看著即將毀滅。

「……你這……傢伙…………」

柏靈頓的聲音從黑暗中傳來。

「你這傢伙、你這傢伙、你這傢伙——雷布拉哈爾德——！」

極度的憤怒——彷彿將怒火濃縮成聲音般的怒吼，在銀海響徹開來。雷布拉哈爾德微微垂落視線，一道微弱的光芒閃爍了一下。

在露娜墜落的方向上，那裡有一顆在銀水聖海被視為尚未誕生的銀泡——

他看到了一個泡沫世界。

§ 29 【異變】

「渴望災淵」——

我穿過樹海的枝葉，直接朝愛歐妮麗雅降落而去。在船的大地上，爸爸將媽媽抱在懷中，憂心忡忡地看著她。

「……在某個地方……有某個人……會等待我……」

媽媽微微睜開眼睛。她以帶著絕望一般的表情痛苦地開口說：

「……我毫不懷疑地……相信這種事，來到這麼遙遠的地方，我真是太天真了……」

媽媽以失去焦點的瞳孔看著遙遠的過去。

「……我一直在尋覓……願意接納我的人……願意對我說情話的人……我愛上戀愛了

吧……我是想逃避嗎……逃避現實……我的孩子將是毀滅銀水聖海的災厄……」

「伊莎貝拉！沒事的，沒事的喔。」

爸爸緊緊抱住媽媽的肩膀呼喚她。

「妳想想，我們相遇了吧？妳還記得嗎？在亞傑希翁的洛札村。就在那個什麼都沒有的偏遠地帶。當時在教堂裡，妳——」

忽然間，媽媽的視線停在爸爸身上。

「……伊莎貝拉？」

「——你是誰？」

爸爸愣住了。

「為什麼會在這……裡……？」

話語中斷，媽媽忽然無力地倒下，再度昏迷過去。

「沒事的。妳什麼都不用擔心，伊莎貝拉。」

爸爸溫柔地對失去意識的媽媽說。

我在樹海船的地面降落，摸了摸媽媽的額頭。稍微退燒了啊……

在子宮內部失控的「渴望災淵」，力量正在減弱。說不定是媽媽逐漸想起記憶後，無意識地控制住了「渴望災淵」。

要說病情正在順利好轉，確實正在好轉——

『阿諾斯。』

柏靈頓傳來「意念通訊」。

『我成功潛入研究塔了。你那邊或許也能確認到，看樣子二律僭主似乎曾經與狂獸部隊交戰過。對方可是不可侵領海，無法確定他們的存活，但我會將暗殺偶人派去你那邊。』

軍師雷科爾與巴爾扎隆德的部下要找出伊威澤諾是福爾福拉爾滅亡主謀的證據。狂獸部隊如果與此事有關，他們應該會確實地讓狂獸部隊招供。而柏靈頓潛入研究塔的目標是所長杜米尼克。

『姊姊的病情還好嗎？』

「『渴望災淵』的影響似乎已經穩定下來了，但這次是『紅線』的影響變得顯著。她認不出爸爸了。」

『……可能是記憶就快被覆蓋了……目前還只是受到「記憶石」的效果影響，暫時喪失記憶，不過……』

再繼續這樣下去，她身為伊莎貝拉的記憶會完全消失嗎……？

『……儘管用「紅線」將阿諾斯和格斯塔與姊姊綁在一起了，姊姊以露娜．亞澤農的身分生活了兩萬兩千年，這應該遠遠超過她這一生在米里狄亞世界活過的時間……』

「也就是露娜．亞澤農的記憶占有優勢嗎？」

『……很遺憾地……』

還有時間。只要在那之前毀滅懷胎鳳凰，切斷「紅線」就好。

「幹、幹嘛想得這麼嚴重啊！沒事的！我與伊莎貝拉可是一起生活了十幾二十年呢！」

爸爸就像要為我們打氣一般說。

『格斯塔，你沒聽到我說的嗎？姊姊可是以露娜・亞澤農的身分活了兩萬兩千年。』

「兩萬年算什麼？我的愛有一億倍，所以我們算是一起生活了兩百億年啊！」

爸爸的謬論讓柏靈頓無言以對。

「咯哈哈。爸爸，這樣的話是十億倍。」

「喔、喔……這樣啊……算、算了，總之！我與伊莎貝拉的牽絆無法用年月衡量！絕對沒事的。」

爸爸緊緊抱住媽媽。就像在呼應他的意念一般，連結起他們的「紅線」閃耀著金光。

「就是這樣，沒有問題。」

『……你這句話是認真的嗎？』

柏靈頓顯得一臉疑惑。

「不論如何，只要毀滅懷胎鳳凰，事情就結束了。多虧二律僭主在這裡大鬧，研究塔的警備也已經變得薄弱許多。」

我對爸爸和媽媽展開反魔法與魔法屏障，然後再施加了「飛行」。我讓兩人飛起，同時自己也跟著飛起來，一口氣來到樹海船外頭。

「杜米尼克在研究塔的最底層吧？」

雷貝龍傑爾多努拉的貝殼已經打開了。只不過，我沒有進入那個入口，而是在經過後沿著外型縱長的研究塔外側，在「渴望災淵」裡直線下降。

『沒錯。然而就算警備變得薄弱，最快也得花上十分鐘。要是構造和以前不同，很可能會需要更多時間。阿諾斯，你現在人在哪裡？』

「就快到最底層了。」

『什麼……？』

能遠遠看到外型縱長的巨大貝殼的終點了。這個雷貝龍貝殼很堅固，而且底層部分還特別厚實。本來應該不太可能從這裡打破外殼闖入，可是方才的「掌魔灰燼紫滅雷火電界」將這裡的外殼打出了裂痕。

這就是我的目的。

我在二律劍上纏繞漆黑粒子，維持「飛行」的衝勢，直接刺向研究塔的底層部位。貝殼粉碎四散，我成功侵入研究塔內部。由於大量的水從我破壞的地方湧入塔內，我施展「創造建築」修復牆壁，水流幾乎停止流入。

我環顧四周。

建築材料看來全是用傑爾多努拉的貝殼所製成。不知道人員是被柏靈頓引開，還是他們從未想過牆壁會從外側被破壞，幻魔族們似乎不在這個最底層的區域。

我在腳邊畫出魔法陣，將面具與外套換成魔王學院的制服。雖說已經用「變化自在」隱藏，只要將爸爸和媽媽帶在身邊，或許會被人察覺我的身分。

最好還是不要讓人知道我扮演過二律僭主。

而且，既然杜米尼克想研究亞澤農的毀滅獅子，他的目標就只會是我。

他應該也不樂見珍貴的研究材料在這裡大鬧。所以表明身分會比較方便交涉。說不定還能和他談好救助媽媽的條件。只不過，要是他打從骨子裡都陷入瘋狂，大概就無法溝通了。

我慢步走在研究塔的通道上。

身後跟著以「飛行」飄浮的爸爸和媽媽兩人。

根據柏靈頓的說法，杜米尼克是在這裡沉迷於研究。既然如此，那他應該需要一定規模的魔法設備。這樣一來，場地自然會受到限制。

我謹慎地用魔眼（眼睛）環顧周圍，可是並未發現到陷阱。不久後，眼前出現一道門，一股掩藏不住的魔力從室內流洩出來。

這裡大概就是杜米尼克所在的魔導工房。

門是鎖著的。而且還是力量相當強大的魔法鎖。儘管我施展了「解鎖（dei）」，門卻沒有打開。解析並沒有失敗。看來淺層世界的解鎖魔法似乎力量不足。

「沒辦法了。」

我輕輕握起拳頭，漆黑粒子在上頭形成漩渦。我緩緩地高舉，用力打在眼前的門上。伴隨著一道破裂的聲響，兩片堅固的門板被打飛出去。一陣冷得澈骨的冷氣從門後流洩出來。

內部看起來像工房，房間裡到處都畫有魔法陣。房內立著好幾根玻璃圓柱，裡頭裝著從未見過的生物。

那些應該是獲得肉體的幻獸。房間中央豎立著一根漆黑厚重的冰柱，在魔法陣發出的光源照射下，漆黑冰柱裡浮現出一道人影。

他正在沉睡，能感受到龐大的魔力。二律劍開始振動，偵測到主神的力量。

他是災人伊薩克嗎？我可沒收到他會在這裡的情報。

而且，這是怎麼回事？

從魔法陣中照射出來的光，是融化漆黑冰柱的熱線。就像要強行喚醒裡頭的人一樣。

「唔嗯，我明明聽說伊威澤諾並不想喚醒災人伊薩克……？」

我拋出話語。

在我看去的方向上有一張椅子。

一名男子正背對我坐在上頭。能進入這間魔導工房的只有一人。

「我來見你嘍，杜米尼克。」

我向他搭話，可是杜米尼克絲毫沒有反應，一動也不動地繼續坐在椅子上。

就算我用魔眼（眼睛）凝視，也幾乎感受不到任何魔力。

他在抑制自己的力量嗎？不對，並不是這樣。

我直接走向那張椅子。然後，從正面看了看那個男人。

「這還真是相當棘手。」

他就跟媽媽的記憶一樣，是個穿著白色法衣的男子。雖然面容很年輕，卻蒼白得令人不安，幾乎感受不到任何生氣。

他的身體被十把聖劍刺穿。當我貼近窺看他的深淵時，他僅存的最後一滴魔力忽然滴落。就在方才，原本還在那裡的根源確實消失了。

就在我的眼前，杜米尼克・亞澤農毀滅了。

後記

因為已經寫過阿諾斯父親的過去篇，也想寫母親的過去篇而寫出的故事，就是這個第十二章。她是如何長大成人、與誰相遇，然後是如何與賽里斯相戀的？想寫的內容很多，因此這次是分成上下集的長篇故事。

本章由充滿許多謎團的上集，以及逐一解開這些謎團的下集所構成。雖然目前還無法透露太多，由衷希望各位讀者能期待接下來的內容。

關於與十二集〈上〉同日發售的《魔法史未記載的偉人（暫譯）》（註：本文所指皆為日本當地的販售情形），我想在此稍微介紹一下。《魔法史》是獲得第五屆漫畫腳本大賞，目前在講談社的漫畫APP「MagaPoke」上連載的漫畫作品。這次發售的小說，是該漫畫原作的小說化改編作品。這部漫畫的原作也是由我擔任，於是想說既然如此，就決定像這樣改編成小說了。

沒有學位的天才魔導師艾因，以收養了孤兒夏諾為養女這件事為契機，進行了世紀大發明，兩人周圍卻開始環繞各式各樣的陰謀……就是這樣的故事。

創作的開端，起於我想寫一篇以家族愛和魔法研究為題材的故事。

小孩子令人忍俊不禁的異常言行，有時讓孤高的天才魔導師敞開心扉，有時又將他耍得團團轉，是個讓人感到溫馨的家庭故事。如果魔法真的存在，定位會像我們生活中的科學一樣嗎？雙方之間的差別會是什麼呢？讓人興奮不已的冒險、令人瞠目結舌的大發明、不向權力低頭的天才大快人心的言行，以及使用魔法的華麗戰鬥場面。各種畫面與構想在我腦海中浮現，我拚命地將這些點子寫成了故事。

此外，這次作為新的嘗試，我利用３Ｄ模型與動態捕捉來創作漫畫的分鏡稿。這是我為了充分傳達原作意圖的措施，外加上擔任作畫的外野老師畫出了非常優秀的漫畫，完成了讓我相當滿意的作品。

漫畫第一集也預定與本作在同一時期的八月九日前後發售，要是各位讀者能和小說版一起購入，就再感謝不過了。

然後，這次也擔任插畫的しずまよしのり老師繪製了非常出色的插畫。能看到珂絲特莉亞與柏靈頓的人物形象，讓我感動得難以言喻。

同時，這次也受到責任編輯吉岡先生的關照，真的非常感謝您。

最後，我要衷心感謝閱讀本作的各位讀者。

下一集我也會繼續努力，因此還請各位多多指教。

二〇二二年六月十五日　秋

屠龍者布倫希爾德

Kadokawa Fantastic Novels

作者：東崎惟子　插畫：あおあそ

布倫希爾德物語第一部開幕！
以屠龍者之女的身分出生，以龍之女的身分憎恨人。

屠龍英雄西吉貝爾特率領的帝國軍進攻傳說之島「伊甸」，卻因鎮守島嶼的龍而數度遭到殲滅。很巧的是，他的女兒布倫希爾德留在伊甸的海岸邊倖存下來，龍救了年幼的她，將她當作女兒般養育。然而十三年後，西吉貝爾特發射的大砲終於奪走龍的性命——

NT$220/HK$73

龍姬布倫希爾德

Kadokawa Fantastic Novels

作者：東崎惟子　插畫：あおあそ

布倫希爾德物語第二部揭幕！
人們時而輕蔑時而畏懼，並稱她為「龍姬」。

小國諾威爾蘭特遭受邪龍的威脅，因此與神龍締結契約，在其庇護之下繁榮。名為布倫希爾德的少女誕生在國內唯一理解龍之語言的「龍巫女」家族，與母親及祖母同樣侍奉著神龍。其職責是清掃龍的神殿、聆聽龍的言語，並獻上貢品表達感謝——每月七人。

NT$240/HK$73

轉生為故事的黑幕～以進化魔劍和遊戲知識傲視群倫～ 1~2 待續

Kadokawa Fantastic Novels

作者：結城涼　插畫：なかむら

「我的劍就是為了這種時候存在的。所以──」
連的故事，又有了重大的變化──！

和聖女莉希亞與其父克勞賽爾男爵談過之後，連決定暫時留在男爵宅邸，一邊處理男爵家的工作，同時一邊在公會當冒險者發揮本領。而為了協助男爵家，他在莉希亞的目送下前往某處，邂逅了一位意料之外的少女。她和掌握故事重要關鍵的人物有關……？

各 **NT$260~300/HK$87~100**

新說 狼與辛香料

狼與羊皮紙 1~8 待續

Kadokawa Fantastic Novels

作者：支倉凍砂　插畫：文倉 十

寇爾與繆里前往各方顯學雲集的大學城
當地竟爆發教科書戰爭！

寇爾和繆里為了繼續推行聖經的印刷大計，離開溫菲爾王國前往南方大陸的大學城雅肯尋求物資與新大陸的消息。寇爾當流浪學生時，曾在雅肯待過一陣子。如今城裡爆發了將其撕裂成兩部分的亂象，且中心人物的別名居然是「賢者之狼」——？

各 **NT$220~300/HK$70~100**

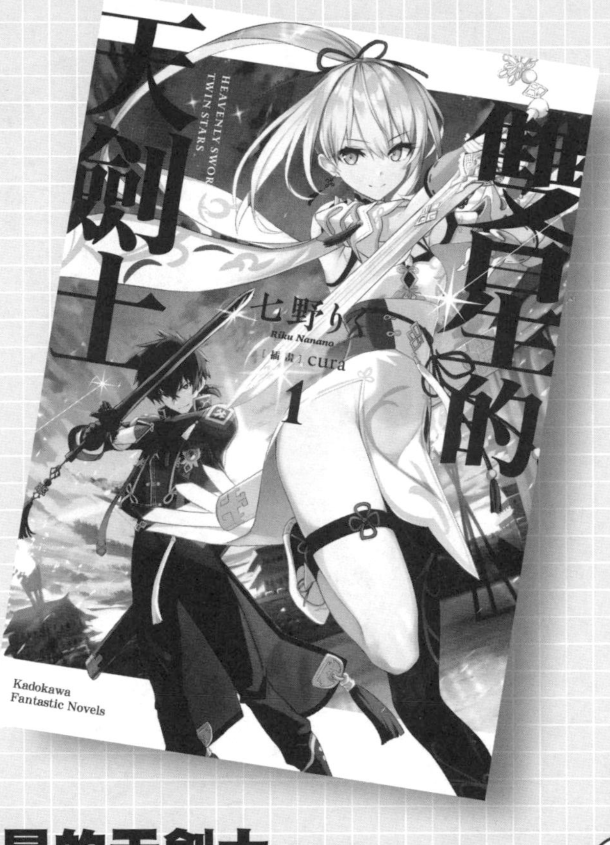

雙星的天劍士 1 待續

作者：七野りく　插畫：cura

Kadokawa Fantastic Novels

轉生英雄與美少女們藉著武術在戰亂時代
闖蕩天下的古風奇幻故事，正式揭開序幕！

我——隻影是千年前未嘗敗績的英雄轉世，曾在年幼瀕死時受張家的千金——白玲所救。後來被張家收養，而我跟白玲總是一同磨練武藝，情同兄妹。然而身處亂世，我國也陷入與異族之間的戰亂當中，我運用前世留下的武藝，和白玲一同在戰場上大殺四方！

NT$260/HK$87

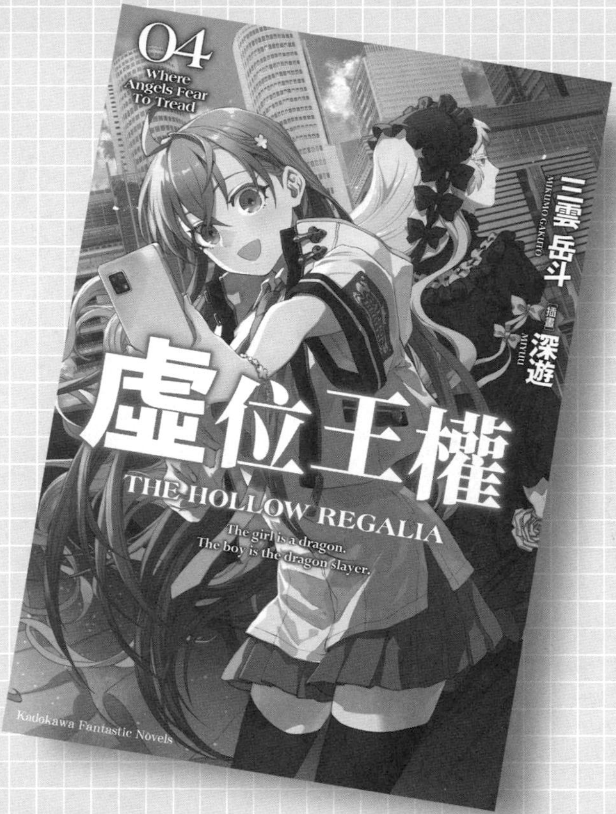

虛位王權 1~4 待續

Kadokawa Fantastic Novels

作者：三雲岳斗　插畫：深遊

八尋等人尋找讓魍獸化的日本人復活的手段。
這時遺存寶器已經與絢穗完成了一體化——

八尋等人前往京都尋找讓魍獸化的日本人復活的手段，然而比利士藝廊的裝甲列車被中華聯邦軍絆住。中華聯邦軍要藝廊交出遺存寶器。不過，這時候遺存寶器已經與絢穗相合，跟她完成了一體化。為保護絢穗，八尋與彩葉決定出面查明魍獸攻擊的原因。

各 NT$240~260/HK$80~87

Silent Witch 1~4-after- 待續

Kadokawa Fantastic Novels

作者：依空まつり　插畫：藤実なんな

校園發生了幾起不可思議的難解事件!?
名偵探莫妮卡與黑貓尼洛將破解謎團！

寒假前的校園發生各種不可思議的難解事件!?被當成偷吃嫌犯逮住的古蓮、在校內迷路的小女孩、來路不明火球——以及被捲入詭異魔咒的第二王子……名偵探莫妮卡與沉迷偵探小說的黑貓尼洛將逐一解析各起事件謎團！極祕任務番外篇開演！

各 **NT$220~280/HK$73~93**

續・魔法科高中的劣等生

魔法人聯社 1~6 待續

作者：佐島 勤　插畫：石田可奈

達也等人得到香巴拉的「鑰匙」
歷經波折終於尋得香巴拉的遺物！

　　達也等人找到通往傳說之古代文明香巴拉的「鑰匙」，然而他們的背後出現危險的影子。鎖定遺物的視線，以及襲擊達也等人的幻覺魔法。雖然敵方身分不明，然而激烈的攻擊就是確實接近香巴拉的證據。然後達也等人終於尋得香巴拉的遺物——！

各 **NT$200~220/HK$67~73**

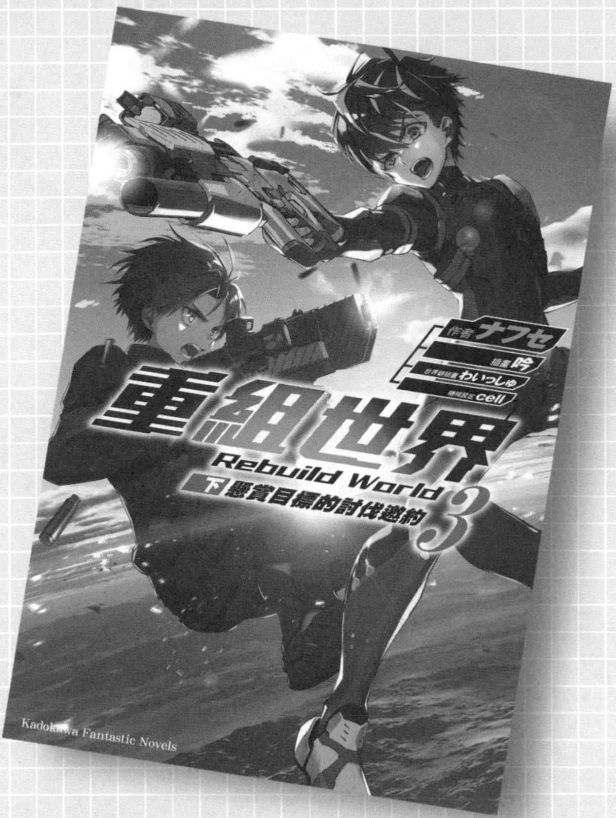

重組世界Rebuild World 1~3〈下〉待續

Kadokawa Fantastic Novels

作者：ナフセ　插畫：吟　世界觀插畫：わいっしゅ　機械設定：cell

予野塚車站遺跡出現數隻超大型怪物，
阿基拉與克也參與討伐任務！

過合成巨蛇、坦克狼蛛、多聯裝砲蝸牛，以及巨人行者——這些怪物由於非比尋常的強度，被獵人辦公室認定為懸賞目標。為了討伐超乎常識的怪物，多位精銳獵人集結。阿基拉與克也同樣參與其中！本集同時收錄未公開短篇〈運氣問題〉！

各 **NT$240~280/HK$80~93**

這是妳與我的最後戰場，或是開創世界的聖戰 1~13 待續

Kadokawa Fantastic Novels

作者：細音 啓　插畫：猫鍋蒼

一切都是為了打倒伊莉蒂雅——
眾人前往不屬於帝國與皇廳的「禁忌之地」探尋過去。

帝國與皇廳的戰爭，因為伊莉蒂雅這個世界之敵現身，迎來前所未有的混亂。為了尋求更進一步的真相，伊思卡和愛麗絲等人踏入星靈的聖域之中。他們在那裡知曉了星劍的義務、潛藏於星球深處的災厄，以及「星靈使即將面對的殘酷未來」……

各 **NT$200~240/HK$67~80**

國家圖書館出版品預行編目資料

魔王學院的不適任者 : 史上最強的魔王始祖,轉生就讀子孫們的學校. 12/秋作 ; 薛智恆譯. -- 初版. -- 臺北市 : 臺灣角川股份有限公司, 2024.01-
冊 ; 公分. -- (Kadokawa fantastic novels)

譯自 : 魔王学院の不適合者 : 史上最強の魔王の始祖、転生して子孫たちの学校へ通う
ISBN 978-626-378-399-7(上冊 : 平裝)

861.57　　112019380

魔王學院的不適任者～史上最強的魔王始祖，轉生就讀子孫們的學校～ 12〈上〉

（原著名：魔王学院の不適合者～史上最強の魔王の始祖、転生して子孫たちの学校へ通う～12〈上〉）

2024年1月15日 初版第1刷發行

作　　者：秋
插　　畫：しずまよしのり
譯　　者：薛智恆

發 行 人：台灣角川股份有限公司
總　　監：呂慧君
總 編 輯：蔡佩芬
主　　編：林秀儒
編　　輯：彭曉凡
設計指導：陳晞叡
美術設計：吳佳昫
印　　務：李明修（主任）、張加恩（主任）、張凱棋

發 行 所：台灣角川股份有限公司
地　　址：104台北市中山區松江路223號3樓
電　　話：（02）2515-3000
傳　　真：（02）2515-0033
網　　址：www.kadokawa.com.tw
劃撥帳戶：台灣角川股份有限公司
劃撥帳號：19487412
法律顧問：有澤法律事務所
製　　版：尚騰印刷事業有限公司
ＩＳＢＮ：978-626-378-399-7